これって終活？

鯖江友朗

ブックウェイ

まえがき

終活とは、

「人生の終わりをより良いものとするため、事前に準備を行うこと」

と定義されているようです。

グーグルに依れば、

「終活とは、平成21年に週刊朝日が造った言葉で、当初は葬儀や墓など人生の終焉に向けての事前準備のことでしたが、現在では「人生のエンディングを考えることを通じて〝自分〟を見つめ、〝今〟をよりよく、自分らしく生きる活動」のことを言います」

となっています。

大学生や高校生がする就職活動を省略して就活と言っているので、週刊朝日は就活の語呂合わせで終活と造語したのでしょう。

今や日本人の平均寿命は八十歳を超えています。六十歳が定年となる勤め先がまだ一般的ですから、普通の人は、退職後二十年をどう生活するか、どう生きるかを考えます（ここでは健康寿命との差は考慮しません）。

今回の短編集は人生の終盤を扱っていますが、各作品は一般的な終活を目的にはしていません。

これまでの「これって？」シリーズと同じように、あり得ないだろうかという設定の中で、気持ちの揺れなどを描いたつもりです。

平成二十九年二月

鯖江友朗

これって終活？◎目次

第一話　浮遊

登場人物
藤村卓也
藤村楓
日室博
中林一彦
網倉和則
米山敏彦
米山君子
富田三喜雄
富田英里子

ある日、帰宅した藤村は寒中見舞いの葉書を受け取った。高校で同級生だった日室からだ。裏の文面は印刷されていたが、数行は手書きだ。同級生の中林が既に認知症になっていて、網倉が膵臓癌を患っているらしい。

去年、日室の親族に不幸があり、喪中葉書が年末に届いている。但し、連絡漏れの相手からは賀状が届く。

それで余った葉書を使ったのだろう。

日室との連絡は卒業以来途絶えていたが、四年前、ふと思い立ち、都内で開かれた同窓会に初めて参加した時再会した。彼とは席次が前後だったので、同じ中学に通ってはいなかったけれど、何となく馬が合い、よく話をしていた。

母校は同窓会事務局を運営し、関東に住む卒業生を対象とし、毎年都内で同窓会を開催している。藤村が出席した年には二百人近くが参加していた。同期生は三百五十人程だが、同じクラスの仲間が十人もいた。定年が近くなると、みんな郷愁に誘われるのだろう。会が終わるとクラス仲間だけで二次会に行き、昔話に花を咲かせた。

それで藤村も二年続けて顔を出した。然し在学当時そうだったように、クラス仲間でも自ずから遠近がある。二度目に参加した時、顔触れに代わり映えがなく、会の進行に堅苦しさを覚え、三度目は行く気がしなかった。日室も同じような印象を持っていたらしく、二人で会って飲もうということになった。幸いなことに、日室と藤村の住所は、電車で一時間強しか離れていない。年賀状をお互いに交換しつつも、以後一年に一回か二回会うようになっている。

日室が誰から中林の近況を聞いたのか知らないが、藤村は中林とは距離を置いていたので、同い年にしては早すぎると思っただけだ。日室と綱倉は高校で合奏部に所属していたので仲が良かった。藤村も彼とは中学、高校を通じ、偶々同じクラスになり、遠慮なく言葉を交わす関係だった。その綱倉が癌になっているとは驚きだった。

つい最近のことだが、藤村は社会人になってから友達になった米山を肝臓癌で見送っている。

夕食をそそくさと終えた藤村は、女房と二人で使っている小部屋に入った。そして自分のパソコンを立ち上げた。携帯電話でもメールを送ることができるけれど、指での操作より、大きなキーボードに打ち込む方が楽だ。それに会社から転送した書類の整理もしようと考えていた。先ずは日室にメールを送った。網倉に直接連絡を取る前に、彼の状況を詳しく知りたかった。

返事は直ぐ来た。網倉は既に二年近く治療を受けている。入院はせず、病院へ通って抗癌剤治療を受けているけれど、状況が良くないらしい。半年前には病院へ行くことも億劫になっているという弱音を吐いていて、孫の顔を見ることはできないだろうなどと、自嘲気味なメールを送っていた。

藤村は何故だろうと思った。米山の場合、癌が見つかったのは他界する半年近く前のことだった。病期が相当進んでいたので治療ができず、延命療法しか施されなかった。一方、網倉は二年前に病名を特定されている。二十年、三十年前ならいざ知らず、今の医療技術なら何とか対処することができそうなものだ。手術で腫瘍を除去するとか、放射線や化学療法で腫瘍を小さくするとか、手段はあるのではないか。難病指定の疾患ではなく、癌なのだからと思った。

それとも癌と判断された時点では早期発見だったにも拘らず、進行が意外に早くなったとか、治療中に癌の転移が見つかったのだろうか。いろいろと理由を考えたが、本人に聞かないと何がどうなっているのか分からない。

日室が網倉のメールアドレスと共に電話番号もくれたので、一旦は携帯電話を取り上げた。然し直接電話をするのを躊躇《ためら》った。高校時代は皮肉を言い合っても、お互いに気にすることはなかったが、既に三十数年も経っている。お互い社会人として揉まれてきたとは言え、昔のように気軽に声を掛けるのは憚られる。日室が書いた通りなら、彼は気分を落ち込ませているだろうし、果たして電話口に出られるかどうかも分からない。
藤村は取り敢えず数行だけのメールを送ることにした。網倉から返事が来れば、その中身により、見舞いに行くべきかどうかなどを検討することにした。

「網倉、本当に久し振りなのに、妙なメールを突然送って済まない。偶々日室から連絡があり、お前の状況について少し聞いた。俺に何ができるわけでもないが、聞いた以上、知らない顔はできない。日室と一緒にお見舞いに行きたいが、どうだろう」

友達の近況を尋ねるメールとしては味もそっけもないが、他に書きようはない。自分の仕事のことなどを書き連ねても、今の彼にとっては意味をなさない。返って気分を害すだろう。一度読んで、「てにをは」を確認し、それを送信した。彼が日室に送った最後のメールから既に半年が経過している。仮に本人が携帯電話を操作できる状況になくても、三日もすれば返事らしいものが来るだろう。

藤村は網倉と米山の病状が重なっているのではないかと思い始めた。二年前に診断された癌と、発症に気が付いた途端余命告知を受けた癌とでは状況が異なるだろう。然し網倉があれ程弱気になっているのが事実だとすれば、彼も精神的には米山と似たような状況にあるのではないのか。嫌な想像だが、それならば同じように接することができるかもしれない。但し性格を考慮する必要がある。
網倉はどんな性格だったのか。簡単に分ければ、楽天的か厭世的かだ。彼奴は日本史や化学が好きなので、授業の時、よく手を挙げていた。化学の教師が、努力をすれば必ず報われると言った時、「努力を邪魔する輩が多いのが現実の世の中だ」と決めつけたのが網倉だったような気がする。それが彼なら、「偶然が努力を後押しする事例は微々たるものだ」と言ったのも彼だったのではないか。記憶の底を辿ろうとしたが、他に判断材料になるものが全く浮かんでこない。ぼんやりと思い出すのは、あの頃の顔立ちと普通の会社員よりは少し長めの髪だけだ。彼奴は櫛を胸ポケットに入れていた。そんな希薄な関係ではなかった筈だが、これは歳月のなす故《ゆえ》に違いない。

兎に角返事さえ来れば、それで良しとするべきで、今あれこれと詮索する必要はない。まだ五十代半ばなのだから、彼に気を持ち直してもらいたい。

米山のことが又瞼に浮かんできた。

十ヵ月程前のある日、藤村は酒を飲みたくなり、米山に電話をした。ありきたりだが、「どうだ、仕事は相変わらず忙しいのか」と聞いたら、彼は昼間なのに会社ではなく自宅にいた。年度替わりが近いので休暇を使って旅行するのかと思ったら、「そんなのんびりとした状態じゃないんだ」と答えた。意外に元気な声だったので、一瞬、身内に不幸があったと想像した。彼は、「実は」という前置きの後、「癌を患っている。然ももう長くはない。だから自宅療養をしている」と言った。驚いた藤村は、酒には誘えないし、長電話をしてはいけないと思った。意に反し、彼は、「仕事帰りでいいから、家に来てくれ。夕ご飯をご馳走する」と誘ってきた。藤村は狐につままれたような気分になったが、事は重大だ。それで翌日彼の家へ行くことにした。

藤村が家を訪れると、米山本人が玄関に出てきた。やや痩せた感じだが、顔色は悪くなかった。そして客間へ案内された。既に夕食の用意ができていて、君子さんが缶ビールを二本持ってきた。彼は一口だけ付き合うと言い、乾杯をした。藤村は妙な気分になった。病人を目の前にし、自分だけが酒を飲んだことはない。奥さんは台所で食事をするので、「遠慮しないでくださいね」と言って部屋を出ていった。

米山は体調が変だと気が付いた時のことから話し始めた。それから検査のために十二日間入院した。九日目に別室に呼ばれ、主治医から正式な病名を伝えられた。病院でできる治療には限りがあると言われ、最後に余命を告知された。「三ヵ月くらいでしょう」と。同席を要請されていた君子さんは泣き崩れた。彼は主治医の言葉をはっきり聞いたけれど、それがどういう意味を持つのかを理解していなかった。自分が置かれている状況に直接結び付けるのではなく、自分の側にその病状の他人が座っていて、主治医が彼に説明をするのを只眺めているような気がしたらしい。

「何か聞いておきたいことがありますか？」

と問われても、主治医は言うべきことをすべて述べたのだろうと思っていた。部屋に入った時の緊張感は既に薄れていた。全身状態が徐々に悪化していくとも言われたけれど、実感がなかった。

米山は、「分かりました」と答えた後、君子さんと一緒に病室に戻った。四人部屋なので他に三人の患者がいる。パイプ椅子に腰掛けた彼女は、おどおどしながら、何か言いたそうな顔をして彼を見ていた。彼はボタンでベッドを起こし、横になった。

彼女が口を開こうとした時、

「何も言うな」

と静かに制し、目を閉じた。検査入院をした夜から体調は改善している。鏡を見ても顔色は良くなっている。食欲も出ている。だから何故なんだと自問せざるを得なかった。主治医からもらった診断書や検査結果照会書を見れば、列挙された体内の異常は明確だった。誰が読んだとしても状況は悪い。数枚の書類はテレビの横に置いている。目を開けてちらっとそれを見て、又目を閉じた。何か考えなければならない、急いで考えなければならないことがある筈だと思った。何から考えればいいのかという焦りを覚えていた。然し、洗面器の中の水を混ぜる時のように、泡がいくつできても、まとまった形になるものはない。そんな感じだったらしい。

米山は理性を失っていなかった。彼は君子さんに、売店へ行き、ノートとボールペンを買ってくるようにと頼んだ。彼女は一度彼を恐る恐る見つめたが、口を開かなかった。暫くして無言で立ち上がると、ハンドバッグを持ち、病室を出ていった。

君子さんが戻った時、彼は、子供達へ病状を知らせるようにと言ったが、直ぐ病院へ駆け付ける必要はないので、来させるな、と言った。両親や近い親戚にはまだ何も話さないようにと釘を刺した。会社には自分で知らせると言い、彼女のパートの仕事は続けるようにと付け加え、彼女を帰宅させた。

明くる日の午後、君子さんが再度病室に現れた時、米山は開口一番、

「転院をするか、自宅療養をするか、と聞かれたよ」

と告げた。彼女はきょとんとした。

余命告知を受けた患者で終末期が近づいている場合、取り立てて治療をする必要はない。終末期医療を受けるためだけの施設となっているホスピスへの転院か自宅療養を勧められる。これは大きな病院だと当たり前の要請らしい。彼はその旨を彼女に伝え、ホスピスを拒み、自宅療養をしたいので頼むと告げた。その途端、彼女はベッドに泣き崩れた。

これは二、三日し、米山が自宅に戻ってからのことだが、君子さんはやっと重い口を開き、いろいろなこと

を彼に聞いた。それまでは彼がどんな反応をするのか判断できないし、自分がそれにどう対応していいのかが分からず、怖くて何も口にできなかったらしい。

したいこと、行きたいところ、食べたいもの、観たいものがあるだろうから、何でも言って欲しいとか、何か買いたいものや揃えておきたいものがあれば言って欲しい、と言った。

彼は、「もう少し時間をくれ」と答えただけだった。但し、距離がそれ程遠くなければ、移動にはタクシーを使いたいので、許してくれと頼んだ。

奥さんは、これを使って頂戴、と言い、分厚い封筒を彼に手渡した。中を見ると、一万円札ばかり入っている。

「どうしたんだ?」

「このくらいの算段はできるわよ」

そんな遣り取りがあり、米山は君子さんに病院で買ったノートを見せた。

本、処分
洋服や靴、処分
手帳(日記などはない)や会社関係の資料、処分
会社、辞職願いを出す。

記入してあるのはそれだけで、最初のページしか使っていない。君子さんはもっと細々としたことが書い

てあると予想していたので、逆に胸を突かれたようだ。戸惑いつつ、手で顔を覆い、又鼻を啜っていたらしい。

主治医から診断を受けた後、米山はいろいろと考えようとした。然し退院までは結局ぼうっとしていただけだ。病棟や院内をゆっくりと歩き回ったりもしたけれど、残りの時間で何を考えるべきか、何をするべきか、尤もらしいことは思い付かなかったらしい。

会社は傷病休暇を認めているが、復帰が見込めない療養で会社に籍を置くことに意味がないので、米山は辞職願いを出すことは当然だと考えた。机の上や引き出しの中を整理したいという思いもあった。立つ鳥跡を濁さずだ。但し家に持って帰るべきものと言えば、冠婚葬祭用の喪服と自分の印鑑くらいだ。部下に頼み、これらを宅配便で送らせ、残りのものを処分させてもいい。然し自分はまだ動くことができる。いくら自分の身が切羽詰まっていても、きちんと上司や部下に挨拶をしてくるべきだ。動揺し続けている妻に自分の代わりをさせるわけにはいかない。

そんなことを考えていた時、退職金のこと、次に年金のことが彼の頭に浮かんだらしい。それで病院から会社へ電話をし、厚生年金の受け取りについて聞いている。国民年金を受け取るには六十五歳まで待たなければならないが、遺族厚生年金の受給資格があることを知った。家は持ち家だし、生命保険も幾つか加入している。今勤めているパートは彼女にとって小遣い稼ぎと時間潰しなので、今後の生活に不安はないと思った。そうしたら頬が緩み、清々しい気持ちになったらしい。近頃こんな気持ちになったことはない、と笑顔で言っていた。

只、彼には悔しいことがあった。癌になり、然も余命告知を受けたことを恥ずかしいと考えていた。同僚や友達が普通の生活を続けているのに、自分にだけは先がない。何度か病院通いを続けることしか予定らしいものもない。取り立てて何かしたいとか、何をしようかという気にもならない。既に自分が抜け殻になり掛けているような気分だったらしい。

だから病状のことは当初誰にも知らせようとしなかった。会社には退院した翌日行き、「体調が優れないので休んでいますが、このままの状態を続け、業務遂行を妨げたくない」と述べ、辞表を出すことにした。恐らく遺留されるだろうが、体はそれを許してはくれない。そんな決心をしていたので、ノートには辞職願いを出すと書いただけだった。

「明日は会社に行く」

「そんなに直ぐ動かなくても、二、三日休んでからでいいんじゃないの?」

「いや、早く片付けた方が君子も楽になるだろう」

「私のことはいいんです」

「余り気にするなよ。俺はまだ動くことができるんだし、先生も病状が急変することはないと言っていたじゃないか」

「じゃあ私も一緒に行って、皆さんにご挨拶をした方がいいわよね」

「いや、詳しい病状は誰にも知らせたくないんだ。大袈裟になるから一人で行く」

「でも体調が気になるわ」

「苦しくなれば、タクシーで直ぐに帰って来るさ」

夫婦でそんなことを話している時、藤村が電話を掛けてきたのだった。

米山は特別深刻な表情をすることもなく、淡々と語った。一方、藤村は、自分だけがはしゃいで飲むことはできないと自分に言い聞かせていた。自分が米山に同情しているのが事実としても、病気の事ばかりを話題にするわけにはいかない。彼が自分からいろいろと話をしてくれるので、間が持っていた。但し箸は進まない。米山はそんな事情を見抜いていた。

「藤村、お前にはがっかりだな」

「何でだよ？」

「俺はいつものように振る舞うことはできない。俺としてはそれが嫌なんだ。でもお前はここに焼香をしに来たんじゃないんだろう？」

「当たり前だよ。馬鹿なことを言うな」

「そこなんだよ、そこ」

「何のことだ？」

「気を遣わないでもっと食べて飲んでくれ」

「あのな、今のお前を前にしてそんなことはできないよ」

「料理が不味いのか？」

「そんなことはないよ。正直に言うけれど、誰がここに座ったとしても、のほほんとして飲み食いはできない」

「だから言っているんだ。俺の分まで飲んで食ってくれ。お前が美味しそうに飲んだり食ったりするのを見るのが楽しいんだ」

「どうして？」

「考えてみろよ。まだ退院して二日しか経っていないんだが、子供達には来るなと言ってある。だから朝昼晩は女房と差し向かいで飯を食うだけなんだ。女房だって食欲は落ちている。何か作って食べさせなければいけないと考えているから、料理をするだけだ。お前が普通に飲み食いしていれば、俺の食欲は目で刺激されるし、音でも刺激される。女房だって何をどう食べさせようかと考えても、今までとは作る姿勢が違う。自分も美味しい料理を美味しく食べる気分にはならない。あれこれ工夫して誰かが喜んで食べてくれるなら、作り甲斐があるじゃないか。お前にとっては刑務所で飯を食うような気分だろうが、そこを汲み取れよ」

藤村はぽかんと口を開けた。実際電話を切った後、飯を食いに行っても、味なんて分からないだろうとずっと考えていた。安請け合いをしたけれど、状況を知ったからには、友達として知らん顔をしたくはない。彼の顔を見るだけで充分だけれど、コーヒーに付き合うことはできる。もし米山が鬱憤を吐き出したいなら、長年の付き合いなのだから、相手になってやろう、相手になるべきだ、そのくらいしか自分として果たすべき役割はない、と自分に言い聞かせて来た。

「おーい、ビールのお代わり！」

米山が台所に声を掛けた。

君子さんがそそくさと缶ビールを持ってきた。

「奥さん、済みませんが、もう少ししたらでいいのですが、焼酎のお湯割りを用意していただけませんか？」

「はい」

「その調子だよ。なあ」

硬い表情を見せていた君子がやや頬を緩めた。

ほっとした藤村は先ず米山のグラスに注いだ缶ビールの残りを飲み始めた。郷に入っては郷に従えではないが、やっと飲んで食う気になった。不思議なもので、今度はビールの味が分かる。用意されている小皿などにも改めて箸を付けた。しっかりした味付けだ。

「旨いよ」

「そう来なくっちゃな」

「お前はまだ味が分かるのか？」

「勿論さ。口の中に何も変化はない。但し消化の良いものを食べるようにはしている」

　藤村が再度皿を見ると、それぞれの量が違うし、彼の皿には生ものが殆どない。柱時計を見るともう座ってから三十分以上になるが、そんな違いにも気が付かなかった。長い付き合いなのに状況がいつもとは異なり、ぎこちない対応ばかりしていたのだろう。

「突然どきっとさせるような言葉で驚かせるかもしれないが、お前はもう状況を分かったよな。いつも通り遠慮なく話をしてくれ。俺もそのつもりだ」

　藤村は肩から力が抜けるのを感じながらも、まだ気が抜けない。

「要は、勿体ぶった言い方や、上品で当たり障りのない返事をするなってことだろう」

「そういうことだ。実際俺は精神的に疲れた。余命告知から今日まで、医者や看護師、女房との遣り取りや、子供達との電話にも疲れた。急に相手が大きく見え、自分が小さく見えていた。気配りなんてその場ではなく後になって、〝あっ、そうか〟と意識するくらいが一番良い。その都度直接感じ取ったら、鼻に付くだけだ。だからと言って、俺だって相手を責める立場にない。不思議なもので、今まで意識しても気には掛けなかった筈のことが妙に頭の中で引っ掛かり始めた。相手の表情や声の調子やちょっとした仕草まで気になってくる」

「なるほどね。それは実際自分が当事者になってこそ分かることで、親しい間柄でもそうでなくても、相手に対し無意識に垣根を作っているんだろうな」

「入院当初はこんな展開になるとは考えてもみなかった。即入院と言われた時は、ヤバイ、手術はしたくないと思っただけだ」

「誰だって切ったり貼ったりはしたくない。飲み薬で済ませたいと考えるのが普通だ。俺もずばり聞くけれど、本当に何もできないのか？」

「治療に選択肢がないならまだ増しだ。対症療法と言えなくはないが、モルヒネで痛みを軽くしたり、点滴で栄養補給や輸血したりするだけだ」

「最先端の医療技術でも駄目なのか？」

「ガンマ線だの重粒子線だのあるらしいが、限度があるし、病巣が局限化していればという条件が付いている」

「要するに金の問題ではないということだ」

「俺がそんなに金を持っていないのは事実だが、仮に金に余裕があり、医療保険があっても、医者の目から見て意味がないことはしないんだ。ない袖は振れないと言えば的外れだが、俺だけ特別扱いにしたって何の効果も出ないんだから、意味がないってことさ」

「お前の冷静さには驚くよ。電話で話をした時も、俺の方が戸惑ったし、おどおどしていた。お前はもう仏の境地に達しているみたいだな」

「この三日くらいでもう考えたり悩んだりすることに飽きただけさ」

「夜はちゃんと寝ているのか？」

「仕事の疲れに加え、体調の変化もあったので、入院当初はよく寝ていた。検査結果が出るまでは、くよくよしても仕方がないと思っていたからな。然し三日もしたら状況が変わってきた」

「矢張り結果が気になって寝られなくなったのか?」

「俺が動く範囲は基本的に病棟のフロアだけだ。一日に二度くらいは一階にある売店に顔を出すが、一日の運動量が絶対的に少ないじゃないか。然も特段することがないので、ベッドにいれば昼間もうつらうつらしてしまう。寝たきりではないけれど、ベッドにいる時間が長すぎる。それで腰が痛くなってきた。仰向けになっても、横向きになっても痛むからとうとう湿布薬までもらって腰に貼った。腰は楽になったが、睡眠時間が足りているので、夜眠られなくなった。だから病気のことばかり考えてしまう。悩んで不眠症になるというより、疲れないので、夜に限っては不眠症のようになった。困ったもんだよ」

「そっちか」

「結果を聞いてから悩んだのは本当だ。でも寝ている時は忘れていられる。だから寝るために病院内を歩き回るようにした」

「それも一つの方法だな」

「でもさ、仕事をしていた頃みたいに歩くなんて無理なんだ」

「どうして?　点滴の管を付けているからか?」

「点滴は二時間もあれば済む。だからスタンドを引っ張って歩く必要はない。俺が言いたいのは、大病院でも歩き回る場所は限られているのさ。通勤では毎日同じ道を歩くだろう。それと比べたら違いはないように思うかもしれないが、俺の気の持ち方が違う。仕事の場合、往きは今日もやるぞと張り切って早歩きをし、あの面倒な案件に取り組まなければならないと憂鬱になっていれば、とろとろと歩く。帰り道だと、早く飯を食ってゆっくりしたい、酒を飲んで憂さを晴らしたい、大汗をかいているから風呂に入りたいなどと、ささやかな楽しみを頭に浮かべていることもある。帰宅前に電話があり、一杯飲もうかと誘われることもある。途中で釣り道具屋に寄りたくなったりもする。

ところが病室を出て病室に戻る程味気ないことはない。どこに行っても何を見ても、檻の中にいるようなもんだ。然も目に入るのは患者ばかりで、他には医者と看護師だけ。これも気を滅入らす。体を疲れさせるために階段を昇り降りしても、壁と壁との間をうろうろするばかりで、何の変化もない」

「一階はロビーだとしても、二階以上の構造は皆同じだからな」

「広いようで狭いのが病院だ。三十分も歩き回れば、元に戻ってくる。そして自分の立場を納得するだけだ。それに外科病棟などならまだしも、産婦人科病棟をうろうろすることはできない」

「一応やれることはやったんだな」

「うん。もう一つしたのはデイルームへ行き、時間を潰すことだ。あそこにいれば、寝転がるわけにはいかない。本を読むか、テレビを観るか、患者と話をするかだけだ」

「同じ病棟だと話が合うだろう?」

「確かに同じ病棟にいる患者は仲間だとか、同士だと言えなくはない。然し垣根は相当高いよ。居酒屋のカウンターで隣同士になったように気軽に話し掛けることはできない。相手がどんな病状なのか分からないし、治療が終わる間際で、うきうきした表情なら、何とか応対してくれるだろうが、みんな暗くて生気のない顔をしている。だから俺も話す切っ掛けを見つけられなかった。周りの人には物欲しそうな顔をしているなと思われたかもしれない。子供連れに話し掛けても、返事はひと言くらいだけだ。見舞いの家族に、好い天気だと言っても、頷く程度だ。どの患者も第三者でしかないから、こんなところで会いたくはないですね、と言うのが精一杯だ。本を読もうとしたが、一時間が限界だ。返って肩が凝ってしまう。それならベッドに横になった方が楽だからな」

「そうか。体を疲れさせるためという目標があっても、極端に体力を弱らせては駄目だろうし、精神的なストレスが増えるってことだ」

「うん。病院なんて本来通うことだけに存在価値がある」

「あの告知がなければ、早く退院しようという気持ちになるだろうが、その意欲を完全に削がれてしまったら辛いよな」

「何もできない、何もすることがないと考えると、俺は何のためにここにいるんだと自問してしまう。だからもう終止符を打ったって構わないと思ってしまう」

「おいおい。俺がここにいるんだから、それは言うなよ。ところで会社の方へは本当に辞表を出したのか？」

「さっき言った通り、今朝会社に行き、手続きをした」

「そんなに動いても平気なのか？」

「久し振りの外出だったから、疲れはしたが、気分は好かったな」

「病状をすべて話したのか？」

「余命までは言わなかった。俺の沽券に係わることだし、いずれ分かることだ。会社だって花輪の一つくらいは並べてくれるだろう。間に合えば、の話だが」

「お前は昨日電話口でさらりと全部言ったけれど、余命に触れたら、上司は表情を変えただろうな」

「そこなんだ。それを見たくなかったから、言葉を濁しておいた」

「舌足らずなら、上司は納得しなかっただろう。転職を疑うかもしれないし」

「その点はすべて説明しておいた。ずっと家にいますとだけ伝えた。部長だっていい歳をしているんだから、察した筈だ。さっき沽券に係わると言ったが、肩書きが違うのは別にしても、俺としては最後くらい対等に遣り取りしたかった」

「自分に対する矜持だな」

「上下関係があるだけで、そうか、残念だな、とか、君にはもっと先を目指して欲しかった、などと取り繕った言葉を掛けられたくない。但し会社からの帰り道、俺はもう自分の面子なんてどうでもいいと思うようになった」

「どういうことだ？　世間体のことか？」

「実は退院する前夜、ラジオを聴いていたら、誰かが、〝自分はこれまで人に迷惑を掛けないように生きてきた。人とは親兄弟を含む家族だけではない。友達から知人まで含まれている。但し赤の他人は部外者なので、人の範疇に入らない。定年退職をした今、人に自分の存在を押し付けるのも一つの生き方かもしれない〟と言うのを聞いた。

俺は、何と馬鹿なことをいう奴だと最初は思った。今更その近しい人に疎《うと》まれるようなことをして、何の得があるのかと考えた。

片付けが済み、会社を出る時、三十年以上も勤めたのだから、何となくしんみりしてきた。玄関を振り返ると、もう二度と足を踏み入れることはないだろうなと思った」

「当然だろう」

「不思議だったが、郷愁のようなものに浸っている時間はないという声が聞こえてきたんだ。これを結構心強いと思った。もう何もかも打っちゃるんだということさ。そうしたらあのラジオで聞いた言葉がまんざら捨てもんじゃないという気がしてきた」

「米山、ちゃんと説明しろよ。脈絡が分からない」

「家に帰って昼飯を食べていたら、お前が電話を掛けてきたんだ」

「それで？」

「当初の俺はお前にも病状のことは隠したいと思っていた。下手に同情されたくないからな」

「ああ」

「でも頭を切り替え、お前を最初の餌食にしようと思った」

「それが俺にお前の存在を押し付けるという意味か？」

「お前なら、必ず俺の顔を見に来てくれる。それなら夕食に誘い、引き留め、長話をしてやろうってことさ」

「見事に俺は引っ掛かったわけだ。のこのこ出て来たからな」

「他の友達に話す時、お前にだけは憶測でものを言ってもらいたくはない。現状のままの俺を見てもらい、判断して欲しいと考えた」

「お茶を飲むだけで帰れば、お前だって言いたいことを言えないし、俺だって聞きたいことも聞けないままだろうな。そうすると、お前がどんな状態なのかはっきり分からないから、後で誰かに話すとなれば、憶測を交えることになる」

「自分の面子に拘らないと言ったけれど、俺としては話に尾ひれを付けてもらいたくはない。そういうことだ」

「ふむ」

と言った藤村は少し考え、口を開いた。

「実を言うと、仕事が終わってからここへ来るまで、ひょっとしたらお前が俺の目の前で泣き出すかもしれない、そうなるとどうしていいのか分からないと思っていた」

「馬鹿、それは俺の方が期待していたことだ。お前は薄情な男だよ。事情を全部聞いたのに、ため息は吐かないし、鼻を啜りもしない」

「生憎俺は健康だから、息切れもしないし、鼻水も出ない。ところで俺の他に誰か呼びたいんだったら、声を掛けようか」

「今日会社から帰った後、会社関係や友人知人の名刺、親戚などの住所録を自分の本棚や机から引っ張り出したよ」

「自分で連絡するつもりか?」

「電話はしない。夕食の買い出しの時、女房に葉書を二十枚買って来させた。病状を簡単に書き、近いうちに投函する。何人かは連絡してくるだろうから、お前と同じ餌食になってもらう」

「電話にしても、家に来るにしても、同じことを何度も繰り返すとなれば、ちょっと面倒だな。前以て準備ができたなら、俺との遣り取りをビデオで撮ってＤＶＤにし、それを見させるようにすれば良かった。そうすればお前はにやにやして相手の反応を見ることができる」

「やっとお前らしい軽口が出るようになったな」

「俺は状況に順応できるんだ」

「他にすることがないし、何度でも同じことを繰り返すから大丈夫だ」

「どこかに出掛けたりはできないのか?」

「今なら電車やバスに乗ることはできる。でも行動を束縛されない車で移動する方が楽だ」

「自分で運転するのは止めた方がいいぞ」

「今のところ大丈夫だが、余計なことで気を遣ったりしたくないので、運転するつもりはない」

「奥さんは免許を持っているのか？」

「車を使って買い物に出たりするよ」

「じゃあ、早いうちに出掛けたらどうだ？」

「それは駄目だ」

「どうして？」

「車の中の状況を考えてみろよ」

「車の中？　夫婦二人なんだから問題はないだろう」

「お前の頭も回転が鈍くなってるね。雰囲気の問題だよ。今の女房は俺に対しても腫れ物に触るようにしか対応できない」

「感傷的になるなと言っても無理だろうな。先立たれるのが分かっているから、楽な気持ちで運転することができないかもしれない。でもお前はこの二、三日で、考え方を大きく変えたじゃないか。さっきからのようにずばずば物を言っていれば、奥さんだって大丈夫だろう」

「気を遣うなと言っても遣う、女房はそういう性格だよ」

「じゃあ、今度の週末で良ければ、俺が連れ出してやろうか？」

「それは俺も考えた。お前とならと思ってな」

「俺も期待されているんだ」

「ああ。お前と飲み始めた頃、まさかこんな展開になるとは想像もしていなかった。面と向かって言うのは面映ゆいが、頼り甲斐がありそうに見えるから不思議だ」

「お前は失礼な言い方をするけれど、現状だと許してやる。俺が貸しを作るのは構わないが、お前はそれをどうやって返してくれるんだ。時間がないんだぞ」

「藤村。師匠と弟子の関係を考えてみろよ」

「謎掛けか」

藤村は、米山がぽんぽんと受け答えをするので、やっと重い肩の荷物を下したような気がしている。居酒屋へ行き、二人で何度杯を酌み交わしたことか。焼酎のお湯割りを飲みながら、頭を絞った。

「師匠は弟子に自分の技量や知識を教える。〝仰げば尊し〟を引用すれば、師匠の恩に報いるために、弟子は、身を立て名をあげ、やよ励めよ、となる。この際、お前を師匠とする妥当性はさて置き、俺がお前の分も頑張ればいいことになる。でもな、米山。俺は貸し借りの話をしているんだ。辻褄が合わないだろう」

「お前は辻褄を合わせるのが上手い筈だぞ。仕事なら無理筋でも何とか纏めてしまう」

「それとこれとは違う」

「俺が言いたいのは、いわゆる私事《わたくしごと》だけれど、昨日の電話を切っ掛けとして、お前はこれから得難い経験をするということだ。つまり俺に残された時間が少ないので、俺の側にいる限り、貴重な体験をする。縁起の悪いことは言いたくないけれど、お前が俺の立場になったり、肉親が同じようになったりした時、お前には具体的な事例が身近にあることになる。それを利用できるんだ。これで俺は借りを返すことができる」

「まあ、似たような事態に直面すれば、役立つかもしれない。そんなところで手を打っておくよ。いずれにしても、お前はある意味、運が良かった」

「この状況でもか」

「脳溢血や心筋梗塞になっていたら、お前も俺も今ここにいないかもしれないんだぞ」

「そっちの方はヤバいだろうな。心筋梗塞は胸が締め付けられる激しい痛みが三十分以上続き、死亡する人の半数以上が一時間以内でおさらばらしい。今俺はこうしてお前と向き合っているんだから、時間を大切にしたい」

「そのことだが、善は急げだ。今週末にドライブにでも行かないか？」

「別に構わないよ。特に予定はない」

「じゃあ、決めたぞ」

「女房も連れて行ってくれ」

「いい考えだな。じゃあそうしてくれ。然し三人では寂しいし、話が湿っぽくなるとつまらないから、俺も女房を連れ出そう。俺の車は七人乗りだから、ついでに富田さんはどうだ？」

「急な話で来てくれるかな。賑やかになるから嬉しいけれど」

「俺が話を付けるよ。お前の第一回お別れ会だと言えば、来てくれる」

「そこまで言うのか！」

「お前だって俺が電話した時に核心を突いたじゃないか。然も世間体じゃなく、面子は気にしないと言っているんだし、隠す必要はないだろう」

「分かった。任せる」

「土曜日に出て一泊する方が体は楽だ。こういう場合、主治医に連絡するべきなのかな」

「自己責任だからその必要はない」

「今日はまだ火曜日だから、ホテルを予約できる筈だ。どこへ行きたい？」

「それも任せるよ」

「伊豆に露天風呂付きの宿がある。朝一で電話をしてみる。勿論富田さんにもな」

「不思議なもんだな。お前に飯を食いに来いと言った時、俺は今の状況をお前に押し付けようと考えていた。実を言うと、俺が気丈なことを見せたかっただけなんだ。こんな気分になるとはな……」

妙な気配を嗅ぎ取った藤村が言った。

「料理が勿体ないから、本気で食べるぞ。ついでにお湯割りのお代わりをもらってもいいか？」

「その調子だ」

米山は台所の方へ又声を掛けた。


その夜、藤村は九時過ぎまで米山の家にいた。仕事の話などもした。最後の話題は付け足しのようなものだったが、やや重くなった。

米山が病院の待合室にあった本のことを取り上げた。上下二巻にもなる志賀直哉の評伝だった。それを暇に任せ、背中が痛くなれば椅子に座り、疲れたらベッドに横になって読み終えている。直哉は米寿を迎えた後ベッドから離れられなくなり、暫くして亡くなった。米山がそう言った時、藤村は、彼が直哉の状況を自分に重ね合わせたのだろうと思った。第三者の顛末を読み、自分の気の持ち方を客観的に観察しようとしたのかもしれない。そうであれば、臨終までの記述を丹念に読んだのだろう。葬儀にも触れてあったらしいから、自分の場合を想像したに違いない。

然し藤村の推測は的外れだった。米山は直哉の最期には触れず、他のことを引用した。

亡くなる二年前、直哉は、ある時弟子と話していて、その弟子が対談か書評か何かの媒体で夏目漱石の『心』

を取り上げ、文中の先生が自殺をする前の心情に納得できないところがあるので、『心』をそれ程高く評価していない、と書いていたことに触れた。直哉は、

「然し、死にたい気持ちになると、他の事は何も考えられない。死にたくて矢も楯もたまらないからね」

と言ったらしい。その弟子は、水でも浴びせられたように冷っとし、考えが浅く足りないのを叱られたと思った、などと別の随筆に書いていたそうだ。

藤村は即座に、

「おい。健康な人が敢えて死を選ぼうとするのと、余命告知を受けた人が限られた時間にどう取り組むかとは次元が異なるぞ。直哉の言う通りなら、小説に登場する先生には生きるという選択肢がない。そこだけはお前の状況と似通っているが、どう死ぬか、いつ決行するかなんて、お前には関係ない。まだこれもできる、あれもできるとか、これをしてみようか、あれをしてみようかと考えることができる。そもそも直哉や漱石が出る幕はないじゃないか」

と言い、米山は、

「それはそうだな」

と笑っていた。

その後時計を見た藤村は、焼酎のお湯割りを飲み干し、腰を上げた。君子さんに礼を言い、彼の家を後にした。

帰り道、米山の状況が予想していた程悲惨ではなかったことで、藤村は安堵していた。彼はまだ頬がこけてもいないし、目がひときわ大きくなり、腕が痩せ、指まで細くなってもいなかった。顔色は十全とまでは言

えないにしても、特に重病を思わせなかったし、普通に話をすることができた。二人でいながら、飲み食いの主役は自分だけという異常な構図に戸惑いがあった一方、雰囲気は悪くなかった。本人が言っていたように気丈なところを見せたかったのだろう。それでも不自然さはなかった。

一つ脳裡に引っ掛かっているのは、直哉の言葉だ。米山は何故あんな言葉を引用したのだろうか。

今夜彼に不眠症になったかと尋ねた時、余命告知を受けてから退院する前の間に、〝もう終止符を打っても構わないと思った〟と言っていた。治療方法によりある程度対処できる病気ならまだしも、彼には既に砂時計が与えられている。なす術がない状況に直面しているのだから、終止符を打つという言葉は理解できる。さらりと述べたことが返って潔い雰囲気を醸し出していた。生きることへの執着心に捕らわれているのでも、単に投げやりになった諦めの表現ではないような気がした。笑顔の口を突いて出ていたからだ。

二人が腹を割って話し始めてからは、暗黙とは言えないまでもお互いに了解していたことがある。それは米山にまだ時間があるということだ。だから彼の意識は、〝終止符を打ちたい、ではなく、打っても構わない〟となる筈だ。

直哉は弟子に何を言いたかったのだろうか。『心』には、先生が明治天皇崩御と、追い腹を切った乃木希典夫妻に感化されたような記述がある。然も先生は精神の拠りどころを失い掛けていた。直哉は、人が切羽詰まっている状況にあるなら、死にたくてたまらなくなることもある、とだけ弟子に伝えようとしたのではないか。弟子の述懐と照らし合わせると、一つの観点から物事を判断する際に陥る誤りを指摘したことになる。

他方、それは直哉自身が当時死にたいと考えていたことにはならない。彼が他界したのはほぼ二年後になる。従って米山の現状に対する考え方と直哉の言葉に共通点はない。『心』の先生とも繋がらない。彼もそこは理解していたに違いない。直哉の言葉に疑問を感じていれば、手元にある本を何度も読み返していた筈だ。

然し何かが引き金になった。それで米山は考えを巡らし、直哉と弟子の遣り取りを暗記して引用した。米山は何を自分に伝えようとしたのだろう。彼の病状は見た目よりも重いのかもしれない。彼には吐き気を催したり、息切れをしたりという素振りはなかった。頭や胸や腹を押さえたりもしなかった。今夜彼が見せた表情や態度から余命三ヵ月は想像しにくい。

現在の米山の生活には体力などを含め生活にいろいろと制限がある。点滴や輸血を受けるための通院や鎮痛剤の投与もその原因となっている。

もし肉体的な苦痛を隠し通していたのならば、精神的葛藤は倍加するだろう。もうすべてを投げ出したいと考えても不思議ではない。これは終止符を打つというより、苦しみから早く解放されたいという願いになる。さっき見てきたような状況なら、昨日よりは今日、今日よりは明日、と目に見える程身体に感じる変化はない筈だ。そうでなければ、彼があれ程穏やかに話をすることなんてできない。

健康な人なら考えもしないことだが、病人であれば、身体の節々に激痛が走り、それが繰り返されるのは耐えがたいことだろう。眠りも妨げられるだろう。発熱が加わるかもしれない。単なる風邪やインフルエンザの場合、注射を受けたり薬を飲んだりすれば、常識的には三日もすれば体調が落ち着いてくる。医者もそう言ってくれる。然し発熱時には意識が朦朧としていながらも苦痛を感じ続けている。もう勘弁してくれ、と思いつつも眠りと覚醒を繰り返す。病状は回復しない。激痛や発熱を嫌がっているとしても、彼が終止符を打ちたいと望むような強迫観念に囚われているとは考えられない。

余命告知を受けるとは、朝目を覚ました途端に、残りの日々を数えるようなものだろう。その日から九十日を八十九日に、八十九日を八十八日に減らすだけの生活は惨め以外に評しようがない。想像するだけでもおぞましい。か細い神経の持ち主には耐えられないだろうし、耐えるべき理由もないかもしれない。米山はいつもより真剣に話をしていたが、軽口を叩いてもいた。

あれこれと考えても、理由が分からない。彼にあんな考え方をして欲しくはない。だからドライブにも誘っている。だから本人も出掛ける気になっている。然し彼が真意を隠しているのであれば、必死になって気を紛らわそうとしているのかもしれない。もう面子を気にしないという言葉にも二重の意味があるのではないだろうか。一つはあがいて生きることを肯定するもので、もう一つは悲嘆にくれたまま生きることだ。その両者の狭間で揺れているという可能性もある。

今夜ずっと冷静だった米山が一度だけ、感情を吐露し掛けたことがあった。自分が三家族でドライブに出掛けることを提案し、彼が了解した時だった。自分としては単に何かを一緒にしようという思い付きで口にしたことだが、彼はそこまでしてくれるのか、と妙に感じ入ったらしかった。泣かれては困ると思って話題を転じたので、その場の雰囲気が湿っぽくはならなかった。矢張り彼は自分が想像している以上に傷付きやすくなっているのかもしれない。

これまで米山とは波長が合うので付き合ってきた。付き合いと言っても、殆どが酒を酌み交わすことで、休日に出掛けたり、夫婦同伴で食事をしたりということはなかった。仕事上の愚痴を言い合ってきた。〝飲もうか〟と誘い誘われの間柄が続いていた。それはお互いが絆として意識するように強いものではない。だから今夜彼の家に行き、客間に入り、話を始めてから暫くの間は、彼の状況にどう向き合えば良いのか分からなかった。来る前に腹が据わっていたわけでもない。兎に角友達としての体面を作ることしか頭になかった。

今、そんな皮相な考えは吹っ飛んでいる。米山の限られた時間に対し、何かしたいという気になった。ある意味、彼の存在が非常に近くなり、まるで自分の分身のように思われてきた。これからの自分の時間を自分だけのものにしていてはいけないという声が頭の片隅から聞こえている。

但しそれは『心』に描かれた先生が、自分の結婚前後からずっとＫに対して抱いていた贖罪という範疇に入るものではない。自分には米山に対し負い目はないし、引け目を感じてもいない。公私両面、今まで特定の相手に自分の卑劣な行為などで、取り返しのつかない迷惑を掛けてもいない。だから右手の埋め合わせを左手でするわけではない。今ふつふつと湧いている気持ちは胸の内から突き上げてくる。強いて言えば、この瞬間に自分が人として存在するために、何かをするべきだという叫びかもしれない。突然のほほんとした生活の中に、どこからか矢が飛んできて自分の側に当たり、はっと気が付いたようなものだ。

藤村は飲み会へ誘うためにした一本の電話が妙な展開をしたことに驚いていた。体に緊張感が生まれている。不謹慎なので米山に対して言うべきではないが、新しい血が流れている。米山とは本当の友達になったような気がしている。

と同時に、これまでの生き方というか、人との付き合い方が、行き当たりばったりだったようにも思われてくる。付き合いには浅い深いがある。世の中には深入りしなければ長く付き合うことができるという知恵もある。深入りすれば、お互いに傷付け合うこともある。その最たるものが男女関係だろう。上手くいけば二人は結婚し、家庭を持つ。ところが夫婦になっても、お互いに干渉し過ぎたり、思い遣る気持ちが失せたりすれば、離婚に至る。そうならなくても家庭内別居もある。

米山の末期癌を契機に新しい友人関係が生まれたと考えると、一面、辛いし、後ろめたい。然し今このまま彼を放置はできない。心情的にそんなことはしたくない。彼は腹を割って話してくれた。

藤村は、あの笑顔がいつまで見られるのだろうかと思いつつ、家路を急いだ。

四日後、藤村と富田が夫婦連れで米山の玄関に立っていた。六人で一泊二日の旅行が始まる。

出発前、米山が言った。

「今日と明日は皆さんとずっと一緒です。俺の病状については禁句がないと考えてください。ですから何らかの拍子で誰かが病気に絡むことに触れたとしても、他の人が顔を顰《しか》める必要はありません。普段なら口を滑らせ、不謹慎だということになるでしょうが、今の状況は否定できないので、俺は気にしません。勿論これは君子にも言い含めてあります。従って富田さんも藤村も、奥さん達も、言葉遣いに注意するなんてことは止めてください」

神妙な顔をしている富田がおもむろに口を開いた。

「いつものようにざっくばらんでいいんですね？」

「勿論です。そうお願いします」

米山を除き、みんなの表情はまだ硬い。

「ほら、それが駄目なんですよ。ちょっと考えてみてください。誰がどんな言葉でどんな言い方をしても、俺がもう肝を潰す程驚き、がっかりすることなんかないんです」

「まあ、余命告知以上に無慈悲で、無神経で、無頓着なことはないだろうな」

藤村は敢えて一番棘のある言葉を口にした。

「そういうことだ。但し、ですが、貯金がいくらあるかなどについては聞かないでください。庭師が必要になる程広い邸宅に住み、親の遺産がたっぷりありはしませんが、皆さんからお金の無心をすることはありません」

全員が微笑んだ。

「では出発しましょうか。これから首都高速に入り、その後常磐道を下り、日立の方から山に入ります。そうだよな、藤村」

「サービスエリアで休憩をしながら、先ず袋田の滝を観に行きます。それから馬頭温泉郷に行って一泊します。明日は日光東照宮に寄ってから帰ることにしています。実を言うと、米山が九ホールだけでもゴルフをしたいと言ったのですが、移動するだけでも疲れるので、これは止めさせました」

　夫人連中は一様に驚いた顔をしている。

「冗談ですよ」

「じゃあ藤村、安全運転を頼む。富田さんには長老としての采配をお願いします」

「米山さん、勘弁してくださいよ」

「どうしてですか?」

「長老と言われても、私はほんの六つ歳を食っているだけじゃないですか。然もどちらかと言えば無駄飯ばかり食べてきているんだから、何の知恵もないですよ」

「無駄飯でそこまで血色が好ければ御の字じゃないですか」

　そこでみんなが笑った。

　運転席に藤村、助手席に米山、直ぐ後ろの二人掛けに富田、奥の座席に夫人連中三人が並んで座った。車は静かに走り出した。車内は社宅に住む家族が遠足に出掛けるように見える。六人に長幼の序はあるけれど、それぞれ会社が異なっているので上下関係はない。

　道中、藤村は他人なら口にしないようなことをいくつか話題にした。その方が返って気まずい雰囲気にならないだろうと思っていた。

一つは米山に何か心残りがあるかどうかだった。

「普通ならやり残したことがあるかどうかを考えるよな。でも会社員なんだし、仕事上のことは何も頭に浮かばないよ」

「大きな企画を任されていたんじゃないのか?」

「高層マンションなどを造ってはいたが、俺は技師の一人で、設計の総責任者じゃない。俺がいなくなっても、歯車は回り続けるさ」

「マラソンはどうだ。もう少しで三時間半を切ると言っていただろう」

「今年初めの記録は少し落ちたが、去年の秋走ったら、後四分と五十秒だった。この歳の記録としては悪くない。お前には充分自慢できる」

「そうは言っても、俺はジョギングさえやっていないから、お前と比べられても困るよ。ねえ、富田さん」

「残念ながら私の辞書に運動の文字は乗っていません。京急電車だと横浜から品川まで二十四駅あります。往復すると四十二キロくらいあると思いますが、自分で走るなんて想像もできない距離です。私が歩くのは、せいぜい居酒屋から自宅までで、それもよたよたです。思い立って走り続け、完走されることが楽しいんですよね。素晴らしい記録だと思います」

「じゃあ今度マラソンコースを車で走ってやろうか?」

「そうまでしなくてもいいよ。あれは自分の足で道路を踏みしめてこそ価値がある。冬場だと汗をかきにくいが、夏場に走って汗を出した後は、身体が純粋に骨と身と皮だけになったような気がして爽快だ」

「血が走り廻って全身を刺激して汗を押し出すから、老廃物が出た感じになるんでしょうね」

「ええ」

「俺には分からないよ。自分の身を無理して痛めつけたくはない。それでなくても会社で痛めつけられている」

「だから気分転換にもなる」

「他にやり残したことはないのか？」

「告知されたショックが尾を引いたのは本当だ。その後何かしておきたいと考えたのも事実だ。然し直ぐ頭に浮かんだのは、会社を正式に辞めとかないと、みんなに迷惑を掛けると思っただけだ」

「お前はサラリーマンの鑑だな。本当に勿体ないよ」

「社会人になったら、仕事があってこそ生活が成り立っているからだよ」

「米山さんの言う通りです。昔は財産があってぶらぶらしている人を高等遊民とか言いましたが、自分の仕事がない生活なんて考えられません」

「ホームレスには仕事がないと言っても、寝るところを見つけ、食べ物を確保しないと生きてゆけない。食糧確保が最優先だ。俺達の場合、生活が仕事を中心に回っている。愚痴を言いながらも、仕事が大切だ。夜寝る時、明日も会社だとか、やっと週末が来ると思うくらいで、特に他のことを意識していないからな」

「私は今嘱託の仕事をしていますから、生活の中心は矢張り仕事です。完全に会社から身を引いたら、何をしようかと考える毎日が来るでしょうが、今のところは、週末が来るとほっとして遊ぶだけで、他の事は余り考えません」

「とどのつまり、俺達下々の輩は何か特別のことをしようという気概を持っていないのかな」

「でも毎月給料を持って帰る、それで休暇を楽しむ、私はそれだけで充分です」

「富田さんはそれだけ仕事に打ち込んでおられるからですよ。何も意識しないで日々を暮らしているのが事実だとしても、庶民としてではなく、社会人として立派に役目を果たしておられます」

「米山が何も思い付かないなら、こんなことはどうだ？」

「何だよ？」

「赤坂か新橋にある老舗の料亭で芸者を上げて、飲み会をしてはどうだ？」

「藤村、以前からお前に品があるとは思っていなかったが、それだって下関まで飛行機で行って、フグのフルコースを食べたりするのと同じだろう。オーストラリアのステーキを食べる代わりに、松阪牛のステーキにするようなもんだ」

「口に入って翌朝出れば同じだと言えなくはない。でも、旨いものは旨いぞ」

「俺だって上等の肉を時々口にするさ。魚にしてもフグの薄造りとカレイの薄造りの差に過ぎない」

「一度はそういう場所にも顔を出してみたいものですが、うちの女房なら散財だと言って顔を顰《しか》めますよ」

富田が後ろを見ると、三人が三人共頷いている。

藤村が声を落として何か言った。富田にははっきり聞こえなかったけれど、藤村が左手を出し、小指を立てたのが見えた。

「完璧なボディーで、二十代半ばなら少しはそそられるだろうな。ソープのホームページを検索すれば、そんな子は何人でもいる筈だ。然し男と女の関係は、お互いの気持ちが通じ合ってこそ楽しくなる。その場限りではなく、続かないと、感情の盛り上がりがなくて面白くない」

「そうは言っても、お前の境遇に同情して、ほろりとしてくれる子がいるかもしれない」

「そんな子がいればいいよ。でも今の子に知識があるとは思えないから、余命の話をした途端、病気が移ることを心配し始めたらどうするんだ？　元も子もない」

「新聞も本を読まない、ニュースも聞かないなら、余命なんて理解できないかもしれない。仮に余命告知が何のことかを知っていたら、気を引くための嘘だと思うかもしれない。今日本映画は頑張っているし、テレビドラマを観ても、感動したとか、涙が出たとかいう若い子がいるけれど、あの世界に入る子に常識があると考えない方がいいか」

「無理だと思うよ」

「中には感情が細やかな子がいるかもしれないぞ。そうしたらどうする？」

「藤村もしつこいね。俺にそんな時間はない」

「時間がないから、普通はしないことをするんじゃないか」

「ああいうところにいる子程、仕事は仕事だと割り切る一方で、結婚を真剣に考えているのだと聞いたことがあります。米山さんなら相手になってくれるでしょうが、二度三度と付き合うことができても、世代の差とか、人生経験の違いを乗り越えるのは難しいでしょうね」

「ちょっと腰が引けますよ」

「思い出作りをするだけでいいじゃないか」

「箸にも棒にも掛からない子が相方になってみろ。お前に騙されたと恨むぞ。仮にそうでないにしても、素晴らしい子に出会うまで、どこへ何度行けばいいんだ。いくら金が掛かると思う。お前が俺に付き合ってくれたとしても、時間と金の無駄だよ」

「でも米山。おかしいじゃないか。ちょっと語弊があるかもしれないけれど、何故病気のことを女の子に告白しなければならないんだ。黙っていれば病気のことは分からない。気分転換で若返れば、精神的にも楽になるだろう」

「そこへ通うとか、外で改めて付き合うことを考えなければ、米山さんには失礼な言い方ですけれど、一時的には苦しいことを忘れられるかもしれませんね」

「俺はね、朝起きてから夜寝るまで、自分が男だということを何となく意識しているんだ。だから思い出作りのためにも洒落たことだと思ったんだがな」

「藤村も気だけは若いね。それにまだ色気が残っている。でも俺としては羨ましいとは言えないな」

「どうして？　気分的に若返れば、まだまだ意欲が出てくる。よく言うじゃないか。老人ホームでも自分の相手を見つけた人は生き生きとしてくるって」

「お前は気の持ち方のことを言っているんだろう」

「そうだよ。富田さんも俺もそのことを言っている」

「恋愛のエネルギーは多分馬鹿にできないものだろう。生活に意欲をもたらす。それは俺も分かる。然しそれは恋愛をしたいという気持ちがあり、恋愛があり得る環境にいることが前提になっている。それは若い時の特権だ。俺には女房がいて、家庭がある。今はそれで充分だ」

「歳の差は別にしても、誰か大切にしたいと想う女がいると、それが刺激になり、残り時間に対しても、もっと前向きになると思うよ」

「あのさ、若い時ならそれでもいい。男と女が出会い、結婚し、子供ができ、家庭ができる。これは大切なことだ。仕事をする社会人として、生活の基礎は家庭になる。もう一度言うが、俺にとって家庭はでき上がっている」

「俺の見方は違うな。テレビを観ていると、オーッと声が出そうな程艶っぽい子が出てくることがある。その目や鼻筋に惹き付けられ、唇や話し方に惑わされ、立ち居振る舞いに心を揺さぶられる。直ぐに妄想してしまうから、ああいう子とせめて酒だけでも飲みたいと思うんだ」

「それが生活の活力になるとでも言いたそうだな」

「実現性のない夢だとしても、その都度精神的な刺激になる」

「藤村。彼女達は男をターゲットにして髪を整え、化粧をし、表情を作り、目立つ服を着ているんだ。人気が出るとテレビに何度も登場する。女の子はその人気にあやかりたいから、同じような格好をしてお互いを競う。もう分別しろよ」

「そうは言っても、誰でも色っぽくなれるわけじゃない」

「スタイリストとかメイクアップアーティストがいれば、誰でも効果的に化けることができる。要はそこまで金を掛けることができるかできないかの問題だ」

「お前は物事を達観したような感じになったな」

「違うよ。現実を見ているだけだ」

「腹が据わって来ると、冷静になれるのかもしれないな」

「そっちの話は置くとして、俺は他の何かに目を向けたい。時間が限られているんだから、選択肢も限られてくる」

「さっきお前はやり残したことがないと言ったじゃないか」

「お前もせっかちだね。俺だって何も考えなくなってはいないんだ。考えようとしないのでもない。突然青天の霹靂のようなことを言われてから、まだ十日くらいしか経っていない。何かしたいと思ったからこそ、お前に夕食に来いと誘ったんだ。偶々今日はこうしてドライブに出ることができた。これには感謝している。気も紛れる。でも俺だって何をしたいのか考えようとしている。試行錯誤とまでは言えない段階だけれど、いろいろと落ち着いて考えてみたい」

「まるで俺の方が当事者で焦っているみたいになったな」

「お前の好意はありがたいよ。でも当事者は俺だ」

「確かにそうだ。俺は何をどうしたらお前にとって一番良いのかと思い、いろいろと考えた。こういうのは初めての経験だから、手探りというか、手当たり次第に思い付くことを口にしている。だから冷静さを欠いているのかもしれない」

「ハッハッハ」

「笑うなよ。俺は真剣なんだ」

「それで高級料亭と女のことが頭に浮かんだんだ」

「まあそうだ。改めて考えると、こっちで気が紛れると言っても限界がある。馬鹿なことを言って済まなかった」

藤村は再度左手小指を立てた。

「まんざら馬鹿なことだと言い切れもしないから気にするな。俺だってテレビで色っぽい女を見ながら、ちらりと妄想することもある。こうして口に出し、考え直すことができたから、それはそれで良かった。上品に取り繕ったり、隠したりしても意味はないし、吐き出した方がすっきりする。兎に角何でも話しておいた方がいいんだ」

「つまり、お二人はいい関係なんですよ」

「急にすり寄られても困るんですよね」

「これからも付き纏ってやるから、他生の縁だと思って諦めろ」

「米山さん、変なことを聞いて申し訳ありませんが、もう遺言は書かれたんですか？」

「富田さん、気を遣わないでくださいと言ったじゃないですか。何を聞かれてもいいんです。遺書はまだ書いていませんが、書くつもりはありません。書くことがないし、何も思い付きません」

「言い残すことと言っても、特にはないだろうな。俺もまだ考えたことはないが、必要ないよ。家族との別れでは、女房や子供達に、病気をしないで元気に暮らせ、と言えば足りる」

「何か文字にして残せばと思ったんですが、藤村さんが言ったように、言いたいことを身近な人に伝えるだけで充分でしょうね」

「一般人の俺達には財産がどうのこうのが問題になりはしない。生命保険だって高が知れている」

「それはそうと藤村、俺の葬儀は慎ましいものになるだろうが、お前は友人代表で何か言ってくれ」

「普通は喪主が挨拶をすれば終わりだぞ。俺の出る幕はないよ」

「女房に言っておくから、喋れよ」

「お前は葬儀場で俺を泣かせたいのか？」

「お前の涙なんて見たことがないからな。一回くらい見てみたい」

「もう棺桶に入っていれば、何を言っても聞こえないし、勿論見えもしない」

「富田さんに聞いてもらうだけでいい」

「お前は妙なことを思い付くな」

「もう何でもありなんだ。ここにいる富田さんが証人になってくれるから、お前にはマイクを持たせるぞ」

「俺みたいな奴に偉そうな真似はできない。会社の代表が何か言ってくれるだろう」

「もう辞表を出し、今月末での退職になるから、会社がそこまではしないだろう」

「でも会社関係者は来る筈だ。いくらお前が詳しいことを上司に言っていないとしても、会社だって馬鹿の集まりじゃない。お前の状況を推測しているから、代表が来るよ」

「それならそれで構わない。だからひと言どうだ」

「無理を言うなよ」

「俺が頼むと言っても駄目か」

「そんなことはないさ。お前のためだったら、俺だって立つ時は立つ」

「じゃあ頼む」

「その前に約束してくれ」

「何だ？」

「辞世を詠んでくれ」

「アア？」

「浅野内匠頭長矩が、〝風さそふ花よりもなほ我は又春の名残をいかにとやせん〟と詠んでいるじゃないか。あんな感じで一首か二首詠めば、俺が会場で紹介するよ」

「お前にしては珍しく文学的だな。江戸城松の廊下の刃傷沙汰や討ち入りがあったことは事実だが、吉良上野介義央《よしひさ》が本当に悪い奴だったかどうか、証明されてはいないらしいぞ」

「米山、今は歴史の話をしているんじゃない。辞世を詠めと言っているんだ。話をすり替えるな」

「辞世か。品はあるな。でも品のある辞世が詠めるかな。自分で短歌なんて作ったことなんかないぞ」

「五七五七七だから言葉を並べるだけだぜ」

「季語はどうするんだ？」

「俳句じゃないし、辞世とは自分の想いを述べるためだから、規則に従わなくてもいい筈だ。富田さん、どうですかね」

「文学の素養がない私には全く分かりません。勘弁してください」

「米山や浜の真砂は尽きるとも世に幸せの種は尽きまじ、はどうだ？」

「釜茹での刑にされた石川五右衛門のもじりだな。幸せを出したところが言い得て妙だと言えなくはない。家族の幸せを願う意味ならそれでいい。でもこの世を旅立つ俺と幸せは合わないぞ。三途の川を渡ったら、無意味だし、俺の名前は海に結び付かない」

「〝君が代〟の歌詞を考えてみろよ」

「どういうことだ？」

「〝君が代は千代に八千代にさざれ石の巌となりて苔のむすまで〟だ。砂が石になるまでの長い時間のことを詠っている。砂は川にもあるけれど、山から川が運んできて海辺に堆積する」

「なるほどね。辻褄が合わなくはない」

「でもお前が作らないと意味がない」

「明智光秀の娘だった細川ガラシャが、〝散りぬべき時知りてこそ世の中の花も花なれ人も人なれ〟と詠んでいますね」

「流石に富田さんですね。盗人が詠んだ辞世より品があるし、最期が来たと納得できます」

「米山、細川ガラシャは自決した筈だ。お前にそんな真似をして欲しくはない」

「そうか。妙に真剣になり、然も世の中に幻滅しながら命を絶つなんて最悪だ。俺はまだお前と馬鹿話をすることができる。この前も言ったけれど、とことん俺に付き合わせ、最後まで面白おかしく笑ってやる」

「今思い出しました。幕末に活躍した高杉晋作の辞世は、〝面白きこともなき世に面白くすみなすものは心なりけり〟です」

「嘆き悲しんでいるだけだと、生きている価値はありません。会社や上司に対する愚痴だって、こうなればいい、ああなればいいと思うからこそ、口を突いて出ます。つまりそこに可能性や希望や夢があるから愚痴るんです。単に上司を貶《けな》しているわけじゃありません。仕事だって予定通りに進めたい。邪魔しないでくれと言いたいからですよね」

「黙り込んで腹に溜めてばかりいたら、欲求不満になり、仕事は滞るし、しなくてもいい失敗までしてしまいます。私はそういう教訓だと思って覚えました」

「仕事で鬱病にでもなってみろよ。自分だけの責任ではなくても、周囲からは負け犬としか見られない」

「自分を見失ったら、元も子もないよ。まあその点、俺はもう会社からは身を引いた。そんなことで苛《さいな》まれることはない」

「その意気で辞世を詠めよ。でないと友人代表はないぞ」

「分かった、分かった。何とか絞り出しておく」

「あなた！」

突然後ろから声が掛かった。藤村の妻楓だ。

「お話もいいけれど、そろそろサービスエリアを見つけて止まってください」

「腹が減ったのか？」

「パウダールームに寄りたいの」

「お前の奥さんは洒落ているな」

「それだけが取り柄かも」

「失礼ね！」

笑っている藤村の目に道路案内標識が入ってきた。

「後五キロで友部サービスエリアに着きます。俺もトイレに行きたくなったし、煙草も喫いたくなった」

「じゃあついでにお昼ご飯にしませんか？」

富田の妻英里子が提案した。

「昼ご飯なら、常磐道を降りてからがいいと思います。友部ジャンクションを右折し、二十分走れば大洗海岸ですから、そこでお店を見つけては如何でしょう？」

「今日は山の中に入るので、今のうちに海鮮料理を食べるのも一計ですね。米山さんは大丈夫ですか」

「ええ、食べられます」

「じゃあ皆さん宜しいですか？」

「お任せします」

後ろから三人が異口同音に言った。

米山も一息吐きたくなっていた。車内はエアコンを効かせているので温度は丁度いい。窓を開けると寒いし風の音がうるさいので締め切っているが、六人が乗っているので、やや息苦しくもある。

直ぐにサービスエリアの入り口が見えてきた。


……

休憩・昼食を済ませた六人は再度車に乗り込んだ。大洗から水戸市内に入り、その後国道三百四十九号線を北上した。途中、民家がまばらにしかないような山中にコンビニがあったので、午後最初の休憩をした。全員が車を降り、伸びをしながらコンビニに入って行ったのだが、駐車場の広さに驚きの声を上げていた。大型トラックでも五台は停まることができる。普通車なら二十台は大丈夫だ。

車が走り出した後、藤村が聞いた。

「米山。さっきの話ではないけれど、誰か会っておきたい人はいないのか？」

「恩師や同級生には会いたくない。昔の女に会いたいとも思わない。過去のことを思い出しても意味がないよ」

「お前が感銘を受けたと言っていた小説家や映画監督や評論家や、お前が好きな建築家や落語家はどうだ？」

「そんな人が会ってくれるとは思われないし、俺からは何も話をすることなんてないよ」

「そうか」

「待てよ。今度は俺達三人で落語を聞きに行くか」

「いいですね。笑門来福とまでは言えないでしょうが、笑うと体の免疫力が活発になると言います。みんなで行きましょうよ」

「藤村、来週とか再来週の土曜日に、どこで誰が出演するか調べて知らせてくれ。三人で行こう」

「分かった。任せてくれ」

「じゃあ俺は暫く寝る」

「気分が悪いのか？」

「違うよ。昼ご飯を食べて二時間になるけれど、今になって眠くなった」

「後ろの席なら背もたれが充分倒れるぞ。停まろうか？」

「助手席だって少し倒れるから、そこまでしなくても大丈夫だ」

「米山さんが席を替わらなくても良いなら、藤村さんには済みませんが、私もちょっと休ませていただきます」

　そう言って富田が席を少し倒し、目を閉じた。

「了解です。袋田の滝に着いたら起こします」

　藤村がルームミラーで奥を見ると女房連中三人は既に寝ている。車内が急に静かになった。車が風を切る無機質な音だけが聞こえてくる。袋田の滝まではもう近い。このまま走ると直ぐ県道二十二号に入る。彼はバックミラーを見て、車の速度を落とした。米山には少しだけでも眠らせたい。

　彼は前方を見ながら今の状況を考えた。

　今、車内には六人いる。数ヵ月もすれば、五人になってしまうと思ったら、急に胸に迫るものがある。つい一週間前まで夢想もしなかったことだ。使い古した櫛の歯がこぼれるように、いずれ誰もが迎えることだとは分かっている。今何故自分の友達に大きな災難が降り掛からねばならないのか。これまで十数年、偶然仕事で出会った三人は付き合いを重ねてきた。その間、自分は入院したことがあり、富田さんは血糖値が高いとか何かの理由で薬を飲み続けている。然し米山に限っては病気をした話を聞いたことがなかった。何年か前に帯状ヘルペスに悩まされたことは知っている。それだけのことで三人の中で彼が一番健康だった。だからマラソンを始め、続けていた。それなのに今になって人が一番恐れる癌を患い、余命まで告知されている。

不条理だとしか言いようがない。それが理解できない。

藤村は、後方から追い付いてくるトラックなどに道を譲りつつ、もやもやとした気持ちのまま運転している。

一方、目を閉じた米山は、疲れを感じていたので、本当に寝るつもりだった。ところが藤村の言葉から思い出したことがある。

さっきは高校や大学時代の恩師や同級生のことを思い出し、今更会う必要はないと即断した。昔付き合った女に会う気もしない。然し別れてもいないし、付き合ってもいない女のことが頭に浮かんだ。彼女の顔がぼんやりと脳裏に現れる。髪形も長さも覚えていない。多分短くもなく、長くもないだろう。端正な顔立ちで笑顔と頬にできるえくぼ、鼻の左の黒子《ほくろ》が目に浮かぶ。何となく声まで思い出すことができる。甲高くなく、ハスキーでもなく、よく通る優しい声だ。

あれはもう二十年も前のことだ。取引先の製品納入会社の課長が彼女を連れてきた。一目で綺麗な人だと思った。穏やかに応対し、口数は少なかった。課長のお供をしているのだから、飾り物のように連れ歩かされるのだろう。最初の印象はそれだけだった。

その後彼女がたびたび会社に来るようになると、彼女も慣れたらしく、自分もあの笑顔を待ち遠しいと思うようになった。実際、彼女がドアを開け、〝お邪魔します〟と言いながら入ってくると、自分は直ぐ入口へ目を向けた。業務課で働く二十人程が一斉に同じ反応をした。淑《しと》やかな振る舞いにも拘わらず、真夏に太陽を浴びている向日葵のような明るい雰囲気を運んできた。

二年経ってから、偶々彼女の会社へ立ち寄った時、丁度昼前だった。課長が声を掛けてくれ、彼女を含め三人で食事をした。それが切っ掛けとなり、課長と彼女が一緒に会社に来ると、三度に一度だが、時間により、三人で昼ご飯を一緒にしたりお茶を飲んだりするようになった。

十年前、彼女が係長に昇進してからは、彼女が部品納入を担当するようになり、一人で会社に来るようになった。その時は昇進を祝うために、彼女と昼食を共にした。大胆だったが、会社に来る時は、昼前にしてとか、三時頃にしてくださいよ、と彼女に頼んだこともあった。彼女は嫌がりもせず、時間を見計らって来てくれることもあった。

彼女が最初に顔を見せた時、彼女は既に結婚していた。自分は彼女より早く妻帯者になっていた。だから艶っぽい話をしたことはない。お互いの会社のことなどを話題にしていた。夕食を一緒にしようと誘ったことはない。誘ってみれば、と考えたことはあったけれど、口に出す気にはならなかったし、出すべきではないと思っていた。

自分の肩書きが変わり、衝立がある隅に移ってからも、彼女の声だけは、何をしていても、よく聞こえた。製品について彼女と直接話をすることはなくなったが、彼女は会社に来ると、挨拶をしに顔を見せてくれた。それで事務所で一緒にコーヒーを飲むこともあったし、食事に出たりすることもあった。然しそんな出会いはせいぜい一年に二度か三度だけだった。男女の逢瀬とは言い難い。

最後に会ったのは二年前の夏だった。暑い盛りで、彼女が薄い黄緑のニット・カーディガンを持ち歩いていたのを覚えている。彼女が所用を済ませ、会社の玄関から出てきた時、鉢合わせた。既に三時近かったので、彼女を喫茶店に誘った。そこで彼女はカーディガンを羽織った。冷房が効き過ぎていた。

どんな話をしたかは覚えていない。彼女は相変わらず穏やかに話し、いつものえくぼと黒子を見せてくれた。

彼女にならもう一度会いたい。そんな想いが首をもたげてきた。これは何なのだろう。恋愛感情なのだろうか。然し自分は以前から敢えてそれを否定してきた。彼女も一歩踏み出すような素振りを全く見せなかった。但し、お互いに第三者とか赤の他人よりは親近感を覚えていた筈だ。だから自分としては彼女に素直に声を掛けることができた。彼女もそういう意識だったので、コーヒーなどに付き合ってくれたのだろう。

彼女の笑顔をもう一度見たい。声も聞きたい。これは彼女に対する甘えなのだろうか。この二週間ばかり余りにもばたばたしていたので、彼女には辞職のことを連絡していない。今週初め会社に行った時、三十分机に座り、今まで世話になった関連会社などに電話を掛けた。突然ですが、と断り、退職することを伝えている。漏れはない筈だと思っていたけれど、彼女のことだけは頭に浮かばなかった。後任を連れて会社回りをするのが正式な手順だが、身体的にそこまでする気力はなかった。だから電話で挨拶を済ませた。形式的なことだけれど、会社のために最低限の責任を果たそうとしていた。そんな意識だったので、自ずから彼女を思い出さなかったのかもしれない。家を出る時点で彼女のことを気に掛けていれば、退社後、彼女の会社に足を向けることはできた。

今日は土曜日だ。日曜日の夕方から月曜日まで二日掛けて旅行の疲れを取れば、火曜日に彼女の会社へ出向くことは可能だろう。事前に電話をしておけば、昼食を一緒にすることもできる。彼女なら必ず会ってくれると思う。

又彼女の穏やかな顔が目に浮かぶ。何となく心が弾んでくる。

彼女の会社近くには何軒も喫茶店やレストランがある。昼時はどこも賑わうだろうし、ゆっくりと食事をする時間はないだろう。然し時間の多い少ないはこの際問題ではない。会って食事をする間だけ一緒にいればいい。そんな想いが強くなる。

今の状態なら、出掛けても大丈夫だ。二度目、三度目は考えたくない。敢えて感情的な一歩を踏み出すべきではない。心の中に戒めがある。今回の辞職については、体調を整えたいからだと言うだけで充分だ。話の流れで彼女が転職などに触れれば、軽く受け流せばいい。

そこまで考えた時、はっとした。彼女と自分との間にある敷居は高くないと思っている。気軽に話しができる間柄でも、病状は隠すべきなのか。或いは真実を告白しても構わないのか。

隠す方が自分にとっては潔い引き際になる。既に彼女は上司から自分の辞職理由を聞いているだろう。正確なことは誰にも伝えていないので、彼女の理解も推測の域を超えていない筈だ。もし告白したら、彼女なら驚くにしても、状況を冷静に受け止め、残りの時間の使い方を話題にしてくれるだろう。但し、彼女にだけ真実を告白すれば、明らかに彼女に甘えることになり、それは自分で自分を卑しめることになる。論語に、〝七十にして己の欲する所に従えども則《のり》を超えず〟とある。お互いに壁を作っていないことを意識しているからこそ、自分が取るべき態度は、則を超えず、沈黙するべきだ。

然しそれは彼女に嘘をつくことにならないのか。嘘にはならない。何故なら彼女は自分の体調の悪さについて追及しないと思う。追及されて事実と異なることを答えると嘘が成立する。

では会おうとすること自体が間違っているのか。間違っているとすれば、さっきから自分の胸にうごめく感情はこのまま放置するべきなのか。先日から藤村には自分の面子なんてどうでもいいと思うようになった、と言っている。自分としては頭に浮かんだことは何でもやってやろうと意識している。自分の現状を認め、時間にも体にも制限があることを踏まえている。

会うとしたら、自分は平常心でいられるのか。こんなに彼女のことを気にしているのだから、実は、と切り出し、話の途中で感極まる可能性もある。今だって必ずしも平常心でいるとは言えない。だから藤村に触発され、彼女に執心するのだろう。然し絶対に涙を見せるべきではない。これまで少しずつ積み上げてきたものを一気に突き崩したくはない。俺の弱さを見せたくはない。

では何のために彼女に会うのか。単なる思い出作りに利用したいのか。

……

結局、自分が自尊心を保っていることを、後になって彼女に知ってもらいたいからではないか。藤村に何だかんだと言いつつも、彼奴と一緒に飲んだり食べたりしたいのと同じではないのか。気が許せるから彼にだけは本心を吐露しても、自暴自棄となり、卑屈になっている姿を見せたくない。藤村とは二ヵ月に一度程度は顔を合わせていた。彼女とは何度も顔を合わせているが、単なる挨拶を除けば、食事とお茶を一緒にしたのは多くても年に三回だ。その頻度は異なるけれど、藤村と同じ構図が彼女に当て嵌まるのではないか。只、相手が女なので、お互いの社会的な立場が、自分の行動を自制している。

自分は単なるほんわかとした思い付きをここまで引っ張って来た。最初はもの苦しさを覚え、胸がドキドキと高鳴っていた。今日、この想定外の展開で、馬鹿なことを考えているという気もするが、自分の感情に素直になりつつも、落としどころを間違えなければ、問題はない。兎に角挨拶だけはしておきたい。火曜日に電話をし、彼女の都合が付けば、昼を食べるかコーヒーを一緒に飲むことにした。これなら女房に対しても、精神的揺れの誤差の範囲内だろう。そう納得した。彼女の上司が何と思うかは、この際無視する。

脳裏に再度彼女の笑みを見た時、はたと思い当たった。自分は矢張り彼女に恋をしている。強いて言えば、過去の思い出に恋をしている。二人共傷付かない、恋にならない恋だから、安心できる恋に恋しているのだろう。

藤村は男だ。藤村は自分のために何ができるかを模索してくれている。ありがたいことだ。彼には師匠と弟子の関係になぞらえ、借りを返すと言い切った。それは必ずできる。では自分が師匠だとすれば、彼女から何を望むのか？　彼女に心情を吐露し、理解してもらい、更に男ではなく女だから、彼女から少しだけでも色の付いたものが欲しい。これが本心だろう。そして甘えだろう。然しそれは彼女が自発的にしてくれることかどうか。その一方、藤村に言ったようなことが彼女に借りを返すことになるのかどうか……。

藤村にこんな迷いは打ち明けられない。則を超えてまで恋のために恋をしようとしてはいけない。時間もない。何度も彼女と会うわけにはいかない。そう受け止めたら、自分の身勝手さが鼻に付いてきた。何度も彼女と会うわけにはいかない。つまり自分として彼女のためにできることは何もない。この期に及んで安心できる恋を、後悔する恋にしてはならない。


……


出した結論に満足してはいない。但し、もやもやしたことを真剣に考えたので、気が楽になった。と同時に、体全体に漲《みなぎ》った緊張感が緩み始めた。これなら少し寝られそうだ。

米山の頭の中が落ち着いて直ぐだった。

「皆さん、袋田の滝に着きましたよ」

と藤村の声が響いた。


車を駐車場に停めた後のことだ。山中なので空気が冷たい。然し日は暖かく降り注いでいる。藤村が聞いた。

「米山、少し歩くし、階段もあるが、大丈夫か？」

「ここまで来てそれはないだろう。ちゃんと着込んでいるので大丈夫だし、歩くよ。滝だからではないが、音に聞く袋田の滝を見たい」

「お前は他に滝を見たことがあるのか？」

「いくつか見ている。富山の称名の滝、和歌山の那智の滝、富士宮の白糸の滝や、伊豆の浄蓮の滝も見た」

「流石に全国を駆け巡る米山さんですね。私も浄蓮の滝は見ましたよ。石川さゆりが、〝天城越え〟で歌っています」

「あの滝は下田街道の側にあるんですよね。滝と言えば、山の奥まで行かなければならないというのが一般的な理解です。余りにも道路から近いところにあったので少し拍子抜けしました」

「彼女の歌の感じだと、同じ伊豆にある河津の大滝の方が歌の雰囲気に合っているかもしれません」

「そうですね。滝自体は二つ共同じような高さと幅です。玄武岩の柱状節理は浄蓮の滝だと右下に少し見えるだけですが、大滝の方は右側に聳《そび》え立っています。それに河津七滝の大滝が一番下にあるので、奥行きを感じさせます。〝舞い上がり、舞い落ちる〟という歌詞には他の意味もありますが、大滝の方が似合っているかもしれません」

「じゃあ行くか」

藤村が先頭に立って歩き始めた。


全員が第三観瀑台デッキまで行った。雪解け水に早春の雨が残っているからだろう。水量が多く、みんなが滝幅の広さと大量の水が流れる音に魅入られていた。

米山は袋田の滝と東京の西の端にある小河内ダムとを比べ、みんなに解説した。彼が行った時、丁度奥多摩湖の水がダムから流れていて、正面の道路から見ると、白い絹のカーテンを掛けているようだったらしい。

これはダムが黒部第四ダムなどのように大きく湾曲していなくて、単に平坦な斜面を水が均等に流れているからだ。

袋田の方は、久慈川支流の滝川が大きな岩の間を縫ったり、覆ったりしながら流れている。だから力強さがあるし、生きているようだと言った。部分的にはやや分厚い白いカーテンのようだとも言った。そうしたら、藤村が、

「俺には白い水の筋が太うどんを流している感じに見える」

と、みんなを興醒めさせた。女連中はそれを非難しながらも笑い転げていた。

五時前、車は那珂川沿いにあるホテルに入った。そして男達と女達たちは別れて温泉に入り、夕食を共にした。

食事処に現れた米山はみんなと同じく明るい表情をしていた。

その夜、夕食は何事もなく終わった。本来なら男連中はホテル内のバーなどへ行き、更に杯を重ねるのだが、米山の体調のことや朝からずっと運転していた藤村を気遣い、三組の夫婦はそれぞれの部屋へ引き上げた。


……

米山の部屋では二人がテレビを観ながら笑っていた。そして十時前には明かりを消した。室内が淡いオレ

ンジ色になった中で、君子が聞いた。

「ちょっと強行軍だったけれど、体は大丈夫なの？　本当に藤村さんにはお世話になったけれど、無理はしないでね。自分の体のことだけ考えてよ」

「一日中車で移動したし、みんなと一緒にいて気が抜けなかった。確かに疲れたけれど、精神的には好い気分転換になった」

「心地好い疲れならいいけれど、帰ったらゆっくりしてね」

「分かっているよ。でもね、家にいるだけだとすることがないじゃないか」

「もう何もしなくてもいいのよ。仕事、仕事でずっと働いてきたし、もっと休暇を取り、ゆっくりとした方が良かったのよね。私が何も気が付かなかったから」

「君子の責任じゃないよ。家を守り、子供達を独立させ、頑張ってくれたじゃないか。それで充分だよ」

「そう言ってくれると嬉しいけれど、もう何もできないと思うと、自己嫌悪に陥るわ。何もしなくてもいいから、本当にゆっくりして頂戴」

「只ね、何もしないと時間が早く過ぎるんだ」

「反対でしょう。忙しくしていると時間が早く経つのよ」

「違うんだ。俳優の瀧田栄って知っているだろう」

「ええ、押し出しが強そうな人よね」

「彼はミュージカルのレ・ミゼラブルで主役のジャン・バルジャンを十四年間も務めたんだって」

「テレビドラマでしか見たことはないけれど、演劇もやっていたのね」

「そうなんだ。でも話はレ・ミゼラブルのことじゃない。彼はミュージカルの最後の公演を終えた後、インドに渡って仏教の修行をしている」

「役者を休業して行ったの？」

「公演に全精力をつぎ込んでいたので疲れ切ってしまい、自分の生活と言うか、人生を立て直したかったらしい」

「立派なことだけれど、貯えがあったからこそできることよ。普通の人には無理だわ。まさかあなたはお寺に入るつもりじゃないでしょうね。私と一緒に家にいて欲しいわ」

「待ってくれ。彼の話はまだ終わっていない。彼はジャングルの中で、腰巻き一枚の生活をしていたけれど、結構それを楽しんでいたみたいだ」

「ちょっと信じられないわ。でも今は日本にいるのでしょう」

「彼は二年後に帰国した。その理由は何だったと思う」

「日本が恋しくなったんでしょう。それに役者の生活も」

「ちょっと違うな。彼はお師匠さんに、〝ここを気に入っているだろう。ここにいると、あっという間に人生が終わってしまうから帰ったほうがいいよ〟と言われたんだって。それで帰国した。その時、〝欲望と煩悩にまみれた日本で、真っ直ぐに正しく生きることが一番の修行だ〟とも言われた」（産経新聞平成二十九年一月十一日付け『話の肖像画』引用）

「お師匠さんは面白いことを言ったのね。でもそういうものなのかしら」

「俺達にはそんな経験がないので、ちょっと分かりにくいよ。でもちょっと考えてみたんだ。週末に一日中家でごろごろしていたら、夕ご飯が早いような気がする」

「テレビを観たり、お昼寝をしたりすると、殆ど動かないから、ゆっくりしたつもりになるけれど、有意義に時間を過ごしたという充足感はないわね」

「お師匠さんはそれを言いたかったんだと思う。何かに集中していると時間が経つのは本当に早いよ。でもその間は頭も体も使っている。いつも成果があるとは言えないにしても、有意義な時間を過ごしたことは間違いない。今日だって藤村達と一緒にいたから、大洗での食事や滝の見物を含め、頭の中に、しっかりと記憶された。貴重な時間を過ごさせてもらった」

「説明が長過ぎたけれど、言いたいことは分かったわ。でも無理はしないでよ」

「君子はどうだったんだ。奥さん達とは話が合ったのか？」

「最初はお互いに遠慮していたし、こんなに長い時間奥さん達と話をしたことがなかったでしょう。私も疲れたけれど、久し振りにお喋りをしたから楽しかった」

「お前にとっては、彼女らと話をすること自体、初めてだからな。無理やり誘った甲斐があったか？」

「ええ。ところで英里子さんのご主人はいつもあんな感じで話をされるの？」

「ああ。富田さんは現場を離れた後、渉外関係の仕事が長いし、今もそれを続けているからだよ。年上なのに俺達にも敬語と言うか、丁寧な言葉を遣われる」

「いい人達だわね」

「二人には感謝している」

「じゃあ、寝ますよ」

「お休み」

「お休みなさい」

……


富田は部屋に入ると、窓際の椅子にどっかと腰掛けた。彼も疲れを感じていた。

「ママ、ちょっと肩を揉んでくれないか？」

英里子が後ろに立ち、揉み始めた途端だった。

「ちょちょっと待ってくれ！　痛いよ」

「相当凝っているわね」

「長時間車に乗っていたからな。それに前の二人と話をしていたので、体を前のめりにしていた」

「米山さんは少し弱々しい感じがしたわね」

「体がだるく、食欲が出ないようだから、仕方がないさ。健康ならそもそも病院に行こうなんて考えないじゃないか。然しちょっと体調が悪いなと思っただけなのに、正に寝耳に水だったんだ。未だに信じられないよ」

「私達なら月末でもない限り、来月のことなんて殆ど考えないし、再来月なんて、ずっと先のことよ。でも三ヵ月って、時間がありそうでないわね」

「ぴったり三ヵ月とはならないだろうが、医者の見立てにそう狂いはない筈だ」

「同じ病気の患者さんを何人も診ているからこそ判断できるのでしょうね」

「〝病は気から〟という言葉があるだろう。これについては、以前現職の総理大臣が口にし、その場にいた聴衆から顰蹙《ひんしゅく》を買ったことがある。癌と心臓病とは種類が異なるけれど、最近の報告では、楽観主義の人とそうではない人とを比べた場合、楽観主義の人の再入院や死亡率は一割以上少なかったらしい。余命告知を受けた人でも、本人が前向きだと、延命した事例が多く報告されているそうだ」

「じゃあ米山さんにもそうなって欲しいわね」

「せめて僕の親父の半分くらいは生き延びて欲しいけれど、そこまでは無理だろうな」

「お義父さんの場合、癌で手術を勧められたのに、断ったのよね」

「親父は入院と手術で病院に縛り付けられるのを拒否したんだ。同じ場所に二つ腫瘍があり、相当大きかった。癌の宣告から二年と八ヵ月で逝った。芯の強い人だった」

「亡くなられる三日前までお話は充分できたし、自分で歩かれたのよね」

「最後の二ヵ月は食が細くなり点滴に頼らざるを得なかったけれど、動きに不自由はなかった。今でも不思議なんだ」

「何が？」

「二日後にはもう起き上がることができなかったからだ。お袋が点滴を打ちに来てもらおうとしたのに、要らない、と言い、暫くして昏睡状態になった。それから丸一日持たなかった」

富田が、ハーっと大きなため息を吐き、天井を向いた。英里子は頭が邪魔になったので手を止めた。

「今度は僕が揉んでやるよ。肩と腰と脹《ふく》ら脛《はぎ》のどっちがいい？」

「あら、パパがそんなことを言うなんて珍しいから、みんなやって欲しいわ」

「じゃあ、先ずこの椅子に座れ」

「本当にいいの？」

「今回の旅行は本来なら男同士で出掛けても良かったんだが、米山さんの奥さんを家に残すのも可哀そうだろう」

「君子さんだって心痛続きでしょうからね」

「だからみんな一緒にということになったらしい。然もこれは米山さんの提案なんだ」

「いずれ君子さんが独り取り残されることを気に掛けていらっしゃったのね」

「だからママのご出座も願ったわけさ。今日は腰も脹《ふく》ら脛《はぎ》も揉んでやる」

「本当にやってくれるの？　明日は雨が降らないといいけれど」

「雨が降ると米山さんが困るから、止めようか」

「じゃあ、雨が降らないように揉んでよ」

英里子が替わって椅子に座り、富田が妻の肩を揉み始めた。


「米山さんの奥さんはこれからが大変だろう」

「藤村さんは米山さんの身体が持つ限り、外へ連れ出したいのでしょう?」

「できるだけのことをしたいからだ」

「思い出が沢山できればいいけれど、君子さんにはそれしか残らないのよね」

「ないよりはある方がいい。上手く乗り越えられればいいし、そうして欲しいよ」

富田の手が止まった。

「突然どうしたの。しんみりしたわね」

「僕のお袋のことだよ。親父が亡くなった後、分かっていたこととは言え、お袋があんなに肩を落とすとは思わなかった」

「あら、葬儀場では全くそんな素振りはなかったじゃない」

「お骨を家に持ち帰り、仏壇に置いてからだよ。いつもはてきぱきと動くのに、仏壇の前でぼうっとしていたんだ。最初は声を掛けたら、〝はい、はい〟とか、〝いいわよ〟とか返事をしていた。でも暫くしたら何も言わなくなった」

「泣いていらしたんでしょう」

「違うよ。座っていただけだ。頭が真っ白くなっていたのかもしれない。〝母さん、どうしたんだ。大丈夫か？〟と言ったら、手に持っていた煙草の箱を僕に見せた。親父は六十年以上も煙草を喫っていた。でも最後の二ヵ月は一週間に一本くらいで、ひと口かふた口だけ喫ったらしい。中を見たらまだ十本程残っていた」

「お義母さんはそれをどうしようとしていたのかしら」

「親父は煙草を持ち歩いていたけれど、亡くなった時は何人もの人が家に出入りしていたから、ライターと一緒に台所に片付けていた筈だ」

「じゃあわざわざ持ってきて仏壇に置こうとしたんじゃないの？」

「そうかもしれない。座った途端、頭の中が親父のことだけで一杯になったんだろう」

「結局煙草はどうしたの？」

「僕がその日と次の日で全部喫った。そのまま仏壇に置いたら、又お袋が思い出すからね」

「いい口実があったわね」

「そう言うなよ。でもお袋は一年後に逝ってしまった」

「お二人共平均寿命を超えてからだったもの、仕方がないわ」

「米山さんのことを考えれば、そうだ。よし、次は腰だ」

富田は掛け布団を捲《めく》り、英里子を横にならせた。そして彼女の太腿に跨《また》がって座り、握り拳《こぶし》と親指で腰を揉み始めた。

「葬儀って会社関係なら喪服を着て、お香典を出すだけだからいいけれど、近親者は嫌よね」

「お袋の場合は当然だけれど、僕だって家の中で何を見ても、親父のことを思い出した。米山さんの奥さんもいずれ直面することになる」

「ねえ、変な話をしてもいい？」

「何だよ？」

「米山さんと君子さんとでは、どちらが怖がっているのかしら。私としては君子さんの方がより怖がっていると思うの」

「比較なんて無理だよ。でも切羽詰まっているのは米山さんだ。今度目を閉じたら終わりだと思うのが一番怖い筈だ」

「時間のことを言えば短いのは米山さんで、長いのは君子さんでしょう」

「同じじゃないか」

「体が弱りつつあるんだから、ご主人には覚悟があると思うのよ。ある意味で諦めと言えるかもしれないけれどね。君子さんはそんなご主人を見続けるのよ。ご主人が休んでいる時もある筈だし、寝るのはいつも彼女が後でしょう。同じ三ヵ月としても奥さんの時間が長くて、その間ずっと気を揉んだから、より怖いと思う」

「見解の相違だな。今度は脹《ふく》ら脛《はぎ》だ」

　富田は彼女の足元に座り、脹《ふく》ら脛《はぎ》を上から下へ、下から上へと押し摩《さす》り始めた。浴衣の裾手前を握っているので手は上手く滑る。膕《ひかがみ》（膝の裏）まで押し上げると、白くぽっちゃりとしている脹《ふく》ら脛《はぎ》が光っている。近頃こんなところに手を触れたことはない。少しにやりとしたが、頭に浮かぶのは米山のことだ。

「まさかな」

「何よ？」

「こんなことでもなければ、ママの脹ら脛を揉むこともないのかなと思ったんだ」

「米山さんのことがあるから、嬉しいのと悲しいのとが混ざるわ。でも久し振りに長く歩いたし、気持ちが好い」

　富田は黙って揉んでいる。


「もう充分よ。疲れたでしょう」

「ついでだよ」

　富田は更に体をずらすと、彼女の足の裏も揉み始めた。英里子は夫に背を向けたままだが、見えなくても、彼が自分自身に何かを言い聞かせているような気がしていた。米山夫婦のことばかり話してきたので、つい手を顔に近づけ、目頭を押さえた。


……


　藤村は部屋に戻った後、楓と一緒にテレビを観ながら、ウィスキーの水割りを飲み始めた。夕食を終えるまで緊張していたので、やや飲み足りなかった。彼女にも相手をさせた。

「君子さんと英里子さんも感じが好かったから、安心したわ」

「俺も三人が仲良く話をしているのを見てほっとしていたよ。みんな初対面だったから緊張しただろう？」

「最初は誰でも緊張するわね。でも女同士って結構上手くやるのよ」

「そうなのか」

「共通の話題が多いからね」

「どうして？」

「旦那の愚痴を言い始めたら、直ぐ歩調が揃うの」

「でも今回は米山があんな状態だから、そう軽々しく悪口を言えないじゃないか」

「馬鹿ね、私だってそのくらい分かっているわよ。だから初めはあなたを吊し上げたの。そうしたら英里子さんもぶつぶつ言いだしたわ」

「なるほどな。上手い手があったもんだ。米山さんも乗って来たのか？」

「敷居を低くしたら、彼女も口を開き始めたわ」

「何て言っていた？」

「ご主人は相当頑固らしいわ。仕事第一だから、風邪を引いたくらいでは会社を休まないし、病院にも行かないって」

「それで寝込まなければいいけれどね」

「直ぐ薬局で薬は買うらしいの。君子さんよりもビタミン剤とか健康補助食品を飲んでいるって」

「体調管理をしていたつもりだろうが、病院に行かなければ検査はできない」

「ストレスがある筈なのに、年次休暇を取ろうともしなかったみたい。定年になったらもう仕事はしないから、二人でゆっくりするというのが口癖だったんだって」

「今住んでいる家は親から引き継いだものだし、米山の給料なら年金暮らしも楽だった筈だ」

「そう言えばご両親は早く亡くなられたのよね」

「親父さんは確か脳出血だった。十五年程前だ」

「それでお母さんと一緒に住まれたのよね」

「いや、お母さんは三年くらい独りで住んでおられた。ところが肺炎か何かで、体調を崩され、入退院を繰り返された。それで米山が家に戻ることにしたんだ」

「ああ、思い出したわ。でも直ぐ亡くなられたんでしょう?」

「米山は、独り暮らしが辛かったからだろうと言っていた。早めに同居すればもっと長生きできただろうに、と悔やんでいたけれど、今の時代、中々同居はできないよ」

「あのお家なら広そうだけれど、台所やお風呂が一緒だと君子さんだって気を遣って疲れるわよ」

「米山もそう言っていたらしい。まあそれはさて置き、三人で話ができたのなら良かった。明日も頼むよ」

「勿論よ。只、時々しんみりとされたから、私も言葉に詰まったわ。そこは英里子さんがフォローしてくださったので助かったの。君子さんも割と気持ちの切り替えが早そうだったし」

「俺達の付き合いは長いけれど、三人が会うのは今日が初めてだよな。でも俺達のことはそれぞれの家庭で何度も噂になっていた筈だから、赤の他人じゃない。ある程度お互いに予備知識があるから、上手く行ったのかもしれないね」

「先のことが分かっているなんて本当に辛いわ」

「何とかできればいいけれど、今の医学じゃどうしようもないんだから、仕方がない。但し時間がないわけじゃない。マジで言うけれど、彼奴にはもっと生きて欲しい」

「残りの時間を有効に使って欲しいわね。だから車の中で言っていた落語だろうが、何だろうが、自由にしていいわよ。お小遣いなんて気にしなくてもいいし」

「えらく太っ腹だな」

「体はスリムよ。でも心は広いの」

「じゃあ少しの間、自由にさせてもらうよ」

「大切な友達なのだから、あなただって後悔したくないでしょう」

「ああ」

「でもこっちの方は慎ましくしてね」

楓が左手の小指を立てたので、藤村は眉を吊り上げた。

「聞こえていたのか！」

「車自体は風を切る音とエンジンの音とで喧しかったけれど、殆ど聞こえていたわよ」

藤村は舌を出した。

「〝男達は本当に仕方がないわね。若い子から目を逸らすことができないんだから〟、と言って、みんなで笑ったわ」

「米山の奥さんもか？」

「本心では誰だって嫌よ。でも私達の歳になれば、男はみんな同じだと分かっているから、君子さんだって笑ったんだと思う。でもみっともない真似はしないでね。限度があるんだから」

「はい、はい。承知しました」

「ねえ、一生に一度って、よく言うじゃない」

「何のことだよ？」

られたわ」

「毎日生活していると、一生に一度とか一期一会とか全く考えたことはないけれど、今回は改めて考えさせられたわ」

「そうだよな。この前米山の家に行った時も、残り三ヵ月とは言え、元気な顔を見られるのはあれっきりかもしれないと思いながら帰って来た。嫌な感じだった」

「今回のドライブだってそうなのよ。米山さんが嫌いだと言っているのじゃないの。今日一日、車の中で米山さんの背中をずっと見ていたから、あの後ろ姿が目に焼き付いた感じで辛いわ」

「俺もその気持ちは分かるよ。テレビドラマの台詞で、男の背中は歩んできた人生を表していると言われるだろう」

「ええ。女の背中も同じなのに、男の人生は仕事と結び付くからそうなるわね」

「俺は横からちらちら見るだけだったけれど、米山の心境のことばかり気にしていた。お前も同じだったんだな」

「私の場合、君子さんが隣に座っていたでしょう。彼女だって、今回出掛けてきたのが、最後になるかもしれないとずっと考えていた筈。のほほんと暮らしている方が本当に楽。でも何もせず、あっという間に時間が過ぎるより、いろいろなことをしながら気が張っている方がいいと思う」

「米山が喜んでくれているから、ドライブくらい何度でもしたいけれど、本人の体調に依るからな」

「米山さんに無理をさせたら元も子もないから、匙加減が難しいわね」

「巷では、〝無理させて、無理をするなと、無理を言う〟なんて言葉がある。今の米山の体がどこまでなら受け入れて、どこからは限界を超えるのかが分かれば、俺としても対応しやすいんだがな」

「米山さんにとっては初めてのことだし、私達も経験していないことでしょう。お医者さんだって、患者さん一人一人の状態を見通すことなんてできないんだから手探りしかできないわよ」

「米山を誘い出して、彼が苦しそうだったら、早めに切り上げるしかない。自己責任だと言う必要はないが、今の状況なら、米山も俺達に気を遣って我慢したりはしないさ」

「羨ましいわね」

「何が？」

「そこまで思い遣ったり、信用し合ったりすることができる友達がいるってこと」

「米山のことばかり言っているから、俺を責めているのか？　米山は友達なんだ」

「今日明日の主役は米山さんよ。でもあなたも脇役ではなくて、主役みたい」

「米山のことを一所懸命に考えているから、俺がしっかりしなければと言い聞かせているんだ。実を言うと、頭の中に妙な考えが浮かんでいる」

「妙な考えって？」

「妙だと言うか、ちょっと気が咎めていることがある。この四、五日俺がやっていることは、いずれみんな俺に跳ね返ってくると思うんだ」

「お迎えはそうだけれど……」

「そのためにやっているような感じがする」

「自分が病気になったら、みんなにも気を遣って欲しいということ？」

「すべてのことが米山のためより、自分のためにやっているような気になる。これって変だよな」

「他人の人生と関わっても、結局は自分の人生が中心だし、誰かに言われてじゃなく、自分で判断し、一番良さそうなことをしているのだから、おかしくないわよ」

「俺って自分勝手に米山を引っ張ろうとはしていないよな？」

「別に相手が資産家だとか、女だとか、下心があってやっているんじゃないんだから、そんなことは気にしなくてもいいし、誰も何も言わないわよ」

「見え透いた同情を振り回すつもりはないけれど、何となく後ろめたい気がする」

「そのくらい私にも目を向けてくれたら嬉しいのに、釣った魚に餌は必要ないのよね」

「夫婦なんだから勘弁してくれよ」

「夫婦だから言いたいの。こんな機会ってめったにないから、今言っておかないと、まるで空気みたいになっているんだもの」

「はい、はい。奥様のご説、ご尤もです。これからは気を付けます」

「ねえ、あなたがこの前健康診断を受けたのはいつだった？」

「会社の健康診断はいつも夏の初めだよ」

「何も問題はなかったのよね」

「検査結果は自宅に郵送されてくるし、お前も見たじゃないか。変なところがなかったので、忘れているんだろう」

「本当にそうだった？」

「再検査とかの指示はなかったから、あの日の夕食の時、乾杯した筈だぞ」

「覚えていないくらいだから、異常なしとするけれど、調子が悪くなったら、直ぐに病院へ行ってよね。私もこれからは気を付けるようにするから」

「お前の婦人科検診はどうなっているんだ」

「あら。私のことは本当に気にしていないんだ」

「ちょっと待て。……。先月胸とお腹の検診をして、何もなかった筈だ」

「よく覚えていたわね」

「忘れていないから思い出さないんだ」

「米山さんご自身は検診をしていたのかしら」

「どうかな。そのことは聞いていない。うちとは違い、本人が会社で検査結果を受け取っているのかもしれない」

「じゃあ悪いところがあったのに我慢していたのかしら」

「再検査が必要と書かれていても、仕事が忙しかったら、つい後回しにしてしまうだろう。そのうちに忘れて、次の検診になる。自覚症状がないと、思い立って病院に行くことなんてないよ」

「そうなると、少なくても一年以上放置することになるのよ。考えてみると、怖いわね。米山さんのことを他山の石としたら失礼だけれど、あなたも本当に体には気を付けてよ」

「お互いにな」

「喧嘩をしていても、顔色が悪かったりしたら、お互いに見て見ない振りをするのは止めましょうね。約束よ」

「分かったよ」

「あっ、もう十時半だ。明日も運転するのだから、今夜はこれでお開きにしましょう」

「安全運転をしなければ、わざわざ出かけてきた意味がなくなる」

二人はグラスを合わせ、乾杯した。そして寝ることにした。

……


翌朝、みんな食堂に集まった。〝お早うございます〟に続き、富田が先ず米山に聞いた。

「体調はどうですか?」

「何とか持っています」

「ええっ!」

「冗談ですよ。昨日は久し振りにいろいろと見て回ったので、流石に疲れを感じましたが、今朝は気持ち好く目覚めました。お腹も空いています。次の目的地が楽しみです」

「米山さんは既に日光へも行っておられるのだから、私達は何も観なくても構わないんです」

「いえ、華厳の滝だけは見なかったんです。だから楽しみです」

「無理をしていないでしょうね」

「ご心配なさらないでください。昨夜ホテルにチェックインした時、フロントで近くの病院のことや救急搬送のことを確認しています。何かあったら、直ぐ対処していますよ」

「本当ですか!」

富田は眉を吊り上げた。

「今のも冗談です。そんなことをする必要はありません。〝毒を食らわば皿まで〟と言いますが、皆さんにはとことん付き合っていただきますので、悪しからず」

昨日からほぼ一日、富田は米山の軽口には慣れてきている。彼を見ていると、悪い状況を無視しようとしているわけではなく、そうかと言って、立ち向かうという気丈さが顕著でもない。状況を楽に受けようとしているような気がしてきた。

朝食後、六人は日光へ行き、中禅寺湖と華厳の滝を見物した。東照宮は沢山歩くことになるので端折った。昼食は宇都宮に寄って食べ、それから帰途に就いた。


……


その後、男三人だったり、夫婦三組だったりしたが、藤村らは近場にドライブに出掛けたり、落語を聞きに行ったりした。食事を共にしたり、映画を観たりもした。

米山が息を引き取る三日前、藤村は君子から電話を受けた。彼が衰弱してきたので、彼女は入院させたかった。然し本人は自宅にいたいと言い張っていた。それで藤村は富田に電話を掛け、それぞれ妻を伴い、彼の家に行った。

米山の顔色は悪く、頬は以前よりこけていた。でも彼はまだ話をすることができた。

「富田さん、ありがとうございました。藤村にもいろいろと無理を言って困らせたが、ありがたかった」

その途端だった。

「そんなこと言うなよ！」

藤村が声を詰まらせながら、叫んだ。富田も、

「それだけ話ができるのですから、まだ大丈夫ですよ」

と続けたが、彼のベッドの周りは嗚咽ばかりになった。

暫くして、米山が口を開いた。

「冷静なのは俺だけだな。でもみんなの涙を持って逝くさ」

又啜り泣きが充満した。

部屋の中が静かになった時、

「みんなの気持ちは分かったよ。ちょっと寝るから、もう帰ってくれ」

と彼が言った。大きくなった眼だけが笑っている。

それを潮に四人はそれぞれ米山の細くなった手を握り、立ち上がった。そして帰って行った。

その後米山は痛み止めを飲み、眠ったらしい。


彼は余命三ヵ月と告知されていたが、亡くなったのは、六ヵ月目に入って直ぐだった。

亡くなった日の夕方、藤村と富田は彼の家に行った。既に葬儀屋は帰った後だったが、台所や居間には子供達が来ているようだ。孫らしい泣き声も聞こえていた。二人は奥の客間へ通された。米山の枕元に座り、顔を見てから手を合わせた。

暫くし、君子が現れた。表情は硬いままだったが、二人を見た途端、二度、三度と頷いた。そして敷居近くに座り、

「御陰様で米山は長生きをさせていただきました」

と言って頭を下げた。富田が、

「私達の力じゃありません。奥さんがおられたからですよ」

と応じた。藤村も、

「彼は旅立ちましたが、富田さんも俺も、ここにしっかりと彼を入れています」

と言い、胸に手を当てた。彼女は膝の手を畳に揃えて付き直し、深々と頭を下げ、

「ありがとうございました」

と言い始めたが、語尾が声にならなかった。

二人は、思わず君子の肩に手を掛けようとした。彼女は頭を下げたまま、

「米山は本当に喜んでいました。ありがとうございました」

と言ったが、まだ声が震えていた。彼女が喪服の袂から真っ白いハンカチを出したのを見て、二人は、

「ではお忙しいでしょうから失礼します」

と言い、立ち上がった。富田も藤村もそれ以上米山の側にいられなかった。


三十分後、藤村と富田は、わざと騒がしい居酒屋を選び、飲んでいた。

「あれで良かったんでしょうか？」

「藤村さんは精一杯やられましたよ。私だけならあそこまでできませんでした」

「富田さんがおられたお陰です。自分勝手なことをしたような気もします」

「そんなことはありません。私も同級生や同僚を何度か送りましたが、今考えると、恥ずかしい限りです。もう少しいろいろなことができた筈なのに、何もしませんでしたから」

「俺も数は少ないにしても、今までは通夜や告別式に参列しただけでした。それが悔やまれます」

「今回は本当に私も考えさせられました。こんな人間ですが、これからもご指導を宜しくお願いします」

「俺も、いや、私こそ宜しくお願いします」

「明後日は米山さんの辞世を読まれるんですね」

「一応読みます。でも他に言うことはないですよ」

「そうでしょうね。私達はもう三人で話し尽くしたと思います」

「でももっと時間があれば、話はできますよね」

「勿論です。三人でいろいろな話をしましたが、酒を飲んでいれば、何でも肴《さかな》になります」

その後二人はぽつり、ぽつりと話をし、杯を重ね、居酒屋を後にした。

米山の辞世は次の二首だった。

松ヶ枝を光差すとて梅の香の側なら君も楽しかるらん
藤棚の上にあれども心富む四方の光は陰を作らず

……

そんなことを思い出していたら、意外に早く網倉からメールが届いた。

「藤村、
本当に久し振りだな。懐かしいよ。もう四十年近くも経っているのに、昔のことをいろいろと思い出した。
日室とは時々連絡を取り合っていた。

お前達に会いたい気持ちもある。然し俺にはもう限られた時間しかない。お前達の気持ちだけもらっておく。それで充分だ。ありがとう。

遠いところまで訪ねて来る必要はない。

網倉」


別れの言葉は僅か数行だった。

藤村の頭の中に一陣の風が吹いた。それが暖かいのか、冷たいのか分からない。歳月の流れが妙な違和感をもたらした。中学高校時代にあった二人の間の敷居は徐々に高くなっていたのかもしれない。

あの頃、皆がそうだったように、自分は皆から離れ、全く異なる道を歩むことに自信を持っていた。年を経て開かれるだろう同窓会など、無論、脳裡になかった。自分の道を切り開く以上、自分の世界は限りなく広がっていく。振り返ることは立ち止まることより、後退を意味していた。

それなのに、寒中見舞いと米山の他界が切っ掛けとなり、自分は躊躇《ちゅうちょ》なく、過去を覗こうとしていた。それが自然な成り行きだと思っていた。網倉は何を見ようとしていたのだろうか。それとも何も見ようとしなかったのだろうか。見る必要がなかったのだろうか。

第一話　完

第二話　開閉

登場人物
大平文明
那須寛治
女将

「やあ、今日も一人ですね」

「何だ、又あんたか」

「そんな嫌な顔をしないでくださいよ。連れがいない者同士なんですから一緒に飲んでもいいじゃないですか」

「好きにしなよ」

後から来た那須寛治は大平文明の隣に座った。そしてホッピーとマグロの刺身を注文した。大平は面倒だなという顔付きをしているが、内心はまあ一緒に飲んでもいいと思っている。

二人は居酒屋にいる。平日の午後四時過ぎのことで、コの字になっているカウンター席に座っている。客はばらばらに十人程だが、那須は大平の隣に来た。二人が隣り合わせになるのは今回が二度目になる。

前回は店が混んでいて、大平が腰を下ろした隣にいたのが那須だった。大平がいつものように鳥の唐揚げ

を頼むと、那須が、

「唐揚げがお好きなんですね」

と話し掛けてきた。

何だ、此奴は、と訝りつつ振り返ると、大平には見覚えがある顔だ。ここ数年は一ヵ月に一度しか来ないが、彼は二十年来の常連なので、この頭が少し薄くなっている丸顔を知っている。

「ここの自慢は半身の唐揚げだからな」

大平はぶっきらぼうに答えつつもまだ前を向いている。

「私も三度に一度は唐揚げを食べるんですよ。少し甘くて生姜が効いているのが好きなんです」

この居酒屋には男連れで来る者もいるが、一人で来て、壁に据え付けてあるテレビを見ながら二、三杯飲んで帰る者も多い。大平は此奴の雰囲気は悪くないと思った。

「醤油味よりさっぱりしている」

「そうですよね。私もさっぱりした味が好きです。それに付け合せのキャベツをかじるのが乙なものです」

この店では、唐揚げにザク切りのキャベツを沢山付ける。味塩を振り掛けて食べる客もいるが、塩分に気を付けている大平はいつもそのままかじる。やや四角い顔で髪を七三に分けている大平がにやりとした。

それに気を良くしたからか、那須は名を名乗り、六十二歳だと言った。彼は一ヵ月に二度くらいこの店で飲んでいると付け足した。名乗られた以上は礼儀なので、大平も自己紹介をし、六十七歳だと告げた。

これから四方山話でも始めるのだろうと思っていた大平だが、那須は、

「もう一時間程飲んでいましたので、私はお先に失礼させていただきます」

と言って立ち上がった。そして一礼してから出て行った。

大平は彼の引き際が見事だと感心した。最初は一人で飲む時間を邪魔されたくないし、他人と長話をしたくはないと思っていたので、ある意味で拍子抜けした。でも食べ物の趣向が自分と少し似ているし、言葉遣いが丁寧だったので、彼の印象は悪くなかった。


ホッピーが運ばれてきた。那須は焼酎の入ったグラスにホッピーを半分注ぎ、マドラーで中身を混ぜる。

「じゃあ、乾杯しましょうよ、大平さん」

大平はハイボールのグラスを持ち上げ、彼のグラスの端にカチンと合わせ、一口飲んだ。

「あんたは相変わらず図々しいな。まあ元気に飲めるということはいいことだ」

「お陰さまで、元気にやっています。思ったことをずばりと口にした方が楽だと思いませんか?」

「そんなものかな。俺は一人で飲んでいてもそれ程不自由だとは思わない。人と関わるのは面倒だし」

「そうは言っても袖摺り合うも他生の縁でしょう。扉があれば閉めるのも勝手、開けるのも勝手ですが、私はできれば開けておく性分です」

「だから誰にでも話し掛けるのか?」

「そんなことはありません。私だって人を見ています」

「俺は軽く見られたということか?」

「違いますよ。大平さんには、風格があるし、品もあります。薄っぺらな感じがないと思ったからです」

大平はどことなく那須が自分と同じ匂いをさせていると感じていたが、そこまでは言わなかった。

「その口振りだと、昔のあんたは営業でもしていたのか?」

「まあ、そんなところです」

那須は大平が横柄な口の利き方をすることを気にしていない。歳上の人に敬意を表すのを当然だと考えている。

然し理由はそれだけではない。以前テレビが政治家の献金疑惑について報道していた時、大平が女将に解説するのを耳にしていた。そういう事情もあるんですね、と女将が感心していたし、那須自身も納得したので、大平には見識があると思っていた。

「失礼ですけれど、大平さんはいつもどこかで用事を済まされた後で、こちらに寄られるんですか？」

「どうしてそんなことを聞くんだ？」

「さっき風格と品があると言ったのは、それもあるんです」

「だから何が言いたいんだ」

「ここで大平さんをお見掛けする時は、必ずジャケットを着て、ネクタイを締めておられますね」

「あんたも同じじゃないか」

「はい。でも私は仕事帰りにここへ顔を出してはいません。それで大平さんの方は何か仕事をされているのかと思ったのです」

「いや。俺はもう仕事はしていない。ただこの歳で独り身だと、生活全般がいい加減になってしまう。それで出掛ける時はスーツを着るようにしている」

「矢張り身なりはきちんとするべきですよね」

「心構えの問題だよ。と言っても俺の場合、洒落た服を持っていないというのが現実で、着古しばかりだ」

大平はつい本音を漏らした。そしてこの男にならら見栄を張る必要はないだろうと自分に言い訳をした。

「私のだってもうよれよれです。口幅ったいですけれど、一応人並みに仕事一筋で過ごしてきました。洋服は背広やワイシャツくらいしかありません。そうかと言って、家で着ているような野暮ったい服装で外へ出たくはないんです。だからこんな格好になりますが、妻や嫁はそれが変だと言うんです。只単に飲みに出るだけですからね」

「まあ物は考えようだ。男が外に出る時は気構えが必要なんだ。昔のような肩書きがなくても、誇りを持ち、胸を張って街を歩くべきだ。家で飲むとどうしてもけじめのない飲み方をしてしまう。飲み方だって大切なのに、女にはそれが理解できない。飲むならどこで何を飲んでも同じだと考えている」

「面白い考え方ですね。私の場合、家で自堕落な飲み方をすることはありません」

「どうして?」

「息子が下戸なので、私一人が浮かれて飲めないんです」

「気が抜けない飲み方だな」

「だから家では酒を飲ませてもらっているという状況です。さっきは扉を開けて飲むなどと大きな口を叩きましたが、実を言うと、息抜きのつもりでここの暖簾をくぐっています。大平さんが言われたように、本当は自分なりの飲み方をしたいんだと思います」

「あんたの場合、何か言ってくれる人がいるだけ増しだと考えた方がいいだろう」

「大平さんのご家族は?」

「女房が亡くなってからもう五年になる。孫もいるが、子供達は所帯を持っているから、近くにはいない」

大平はハイボールに口を付けた後、そのグラスに目を落とした。那須は、その時彼がため息を吐いたような気がした。

「済みません。立ち入ったことを聞いてしまいました」

那須が頭を下げた。

「気にするな。俺だけがこんな境遇にいるんじゃない。ついでだから聞かせてもらうが、あんたは息子夫婦と同居しているのか？」

「いわゆる二世代、いえ、孫が二人いるから三世代の同居です」

「ほう。羨ましいな」

大平が四角い顔をやや丸くし、白い歯を見せた。

「現実にはいろいろとありますよ」

「でも一戸建てなんだろう」

「少し広い借家です」

「持ち家でないにしても、毎日賑やかでいいじゃないか」

「息子さんはお孫さんの顔を見せに来られますか？」

「一年に一度、申し訳程度には来ていた。然し女房が亡くなってからは、こっちへ来てもらっても俺が右往左往するだけで充分な対応できない。だから俺の方から偶に行くようにした。俺の誕生日には孫達が電話をくれたりする。それで充分だ。あんただって誕生日にはマグロのトロを食べさせてもらっているんじゃないのか？」

大平は那須の好物がマグロだと思っている。

「まあ、パックのままですが、私用に刺身の盛り合わせが出ることもあります」

「俺が思うに、あんたは人に気を遣い過ぎる。未だに営業の匂いが染み付いているのかどうか知らないが、どっしりと構え、適当にあしらえよ」

「そうしているつもりですが、……」

「俺にはそうは見えない」

「さっきの話の続きですが、大平さんはいずれ息子さんたちと同居をされるんですか?」

「そんなことは考えていない。家が手狭なこともあるが、今更自分の時間を制限されたくないよ。倒れるまではこのままで行く」

「立派な考え方ですね。三世代が同居する家は狭いですが、孫の存在は格別です。お爺ちゃんと呼ばれると弱いです。息子や嫁に甘やかせないで、と言われるんですが、本当に可愛いものです」

那須が素直に笑顔になっている。目元や口元に見える深い皺に愛嬌が滲み出ている。

「孫は特別だ」

「でも家にいると、自分の時間や場所があるようでないのが悩みの種です。息子が結婚するまでは、食卓にしろ、居間にしろ、自分の場所がありましたが、今ではテレビのチャンネルさえ自由になりません」

「家族が多いと仕方がないさ。俺の場合、すべて自由になるが、縛りがないので自堕落な生活をしてしまう。それが悩みの種になっている」

「大平さんは料理なども全部ご自分でなさるのですね」

「他に誰もいないじゃないか」

「ひょっとして本を買って、男の料理とかを作られるんですか?」

「できるだけ自分で料理を作るさ。でも本を買ってその通りに作るのは性分に合わない。有り合わせを使うから、酒の肴は似たようなものばかりになる。ここの唐揚げの味を出そうとしたこともあったな」

「できたんですか?」

「できればここでも食べはしないさ。それはそれとして、栄養が偏らないように、塩分を摂り過ぎないようにはしているつもりだ。あんたはどうなんだ？　時には料理の腕を振るったりするのか？」

「いえ、私はできません。家の切り盛りはすべて妻や嫁に任せっぱなしです」

「じゃあ掃除も洗濯もしないということか？」

「夏場は庭の草抜きをしたりしますが、後はごろごろしているだけです」

「それだと自分の居場所がないだけでなく、身が持たないだろう？」

「でも毎朝目覚ましで六時に起き、ラジオ体操をし、新聞を読みます。以前は体操の後、一時間くらい散歩をしていたのですが、嫁に朝食はみんなと一緒に済ませてもらわないと片付けが二度手間になる、と小言を言われました。それからは新聞を読み、九時を過ぎてから散歩をするようになりました」

「共同生活の流れは乱せないからな」

「でも食後に歩くと胃がもたれるというか、重くなるんですよね」

「そんなものか。俺は歩かないから分からない」

「その点、大平さんの自由が羨ましいですね。掃除や洗濯は毎日する必要はないでしょう。後はどうされているんですか？」

「それが問題なんだ。この歳で人の集まりに入りたくはない。みんな自我の塊みたいになっているし、自分が強情なのもよく知っている。だから殆ど家にいるけれど、一日中家にこもっていると自分が空気のようになってしまう。生きているのかどうかも分からなくなる。テレビは見るが、馬鹿笑いをするだけの番組にも飽きてしまった。いずれにしても特に何かしたいという意欲が湧かないので始末に負えない」

「本は読まれないんですか？」

「読むのは読むが、評判の本を買いはしない。二週間に一度図書館に行き、二、三冊借りてくる」

「どんな本を読まれるんですか？」

「いろいろだな。小説を読むこともあるし、この歳だから病気の本も読む。あんたも気分転換に図書館通いをしてはどうだ。順番待ちをするが、スポーツ新聞だって読むことができる」

「気分転換と言えば、お一人で旅行をされることがあるのですか？」

「独り身の気軽さで最初は出掛けてみたよ。でもな…。いや、あんたは最近奥さんと旅行をしたことがあるのか？」

「そうですね…。以前は息子夫婦や孫とも出掛けましたが、車での移動にも疲れるし、せわしないので最近は億劫になっています」

「女房がいた頃は俺達も一年に一度は出掛けていたが、名所旧跡を訪れてもぱっとしない。名物を食べても特に美味いとは思わなくなった。次第に感性が鈍くなっているんだろう。独りになってから三度一人旅をしたが、二泊三日もすれば歩き回ること自体が面倒になる」

「確かに私達はもういろいろと観てきたし、食べてきましたから、余り感動しなくなりましたね」

「テレビで観光地巡りを見ていると、良さそうなところが次々と出てくる。あそこに寄り、ここへも行くという具合に簡単に移動している。然し実際には一足飛びに次の場所に行くことなんてできない。自分で動くのは疲れるばかりだから、何のために出てきたのか分からなくなってしまう」

「動き回るのが面倒になれば、出不精になりますよ」

「そういうことだ。それに相槌を打ってくれる相手がいないと、何を見ても、何をしても興醒めだ。側にあると言っても電信柱や木に向かって話し掛けるわけにはいかない。虚《むな》しいよ。そう考え始めたら、金も惜しくなり、旅行をする意欲がなくなった。家にいた方がまだ増しだ」

「電信柱と木に向かって、ですか…」

那須が自分に言い聞かせるように何度か頷いている。

「おい。あんたがそんなことに納得するいわれはないだろう。家には身内が五人もいるじゃないか」

「大平さんの言い方が余りにも的を射たものだったので、なるほどと思いました」

「あんたのグラスはもう空だぜ。もう一杯飲もう」

大平は自分のハイボールを飲み干し、側にいた女将に声を掛け、ホッピーとハイボールのお代わりを頼んだ。大平は煙草を取り出した。

「この前もあんたは煙草を持っていなかったが、煙草は止めたのか？　体でも悪いのか？」

「病気をしていれば煙草だけを止めて酒を飲み続けるのは無理でしょう。私はいたって健康です」

「分かった。奥さんに止めろと言われたな？」

「ええ。孫が生まれた後、暫くは外で喫っていました。でも面倒なので止めました」

「悪いな。目の前で喫って」

「いえ。大丈夫です。金を使わないで、香りだけ楽しませてもらいますので」

「あんた、上手いことを言うな」

「一応未練がありますので」

「そう言えば、マンションのベランダで煙草を喫う者が蛍族と言われたこともあったな。次第に俺達の肩身が狭くなっていく。煙草が嗜好品だとは言え、税金の掛け過ぎだ」

「今や健康第一ですから仕方がありません」

「でもな。あんたはおかしいと思わないか？」

「何のことです？」

「健康、健康と言ったって、一番大切なのは何をどう食べるかだろう。近頃の若い者は好んで野菜サラダを食べるけれど、酢の物を腐っているのではないかと言ったりするらしい。食べる物に対する意識と感謝が足りない」

「物が足りなかった時代ではないので、簡単で好きなものだけ食べるのでしょう」

「それを偏食と言うんだ。あんたの家族はどうなんだ？」

「みんな、あれやこれやと好き嫌いがあります」

「あれこれ食べてこそ健康を保つことができる。寿命が延びているからと安心しては駄目だ。医療の進歩が長寿命に寄与しているのは事実だが、要は何をどう食べるかだ。そこを強調しないで煙草だけを悪者にするのが俺には納得できない」

「その通りです。好き嫌いがあるからだと思いますが、嫁は栄養剤とか栄養補助食品をいくつか飲んでいます。妻には勿論、孫達にだって時々飲ませるくらいです」

「テレビでは栄養剤の宣伝が野放しになっている。あれは一見尤もらしいけれど、本末転倒だ。肉や魚や野菜を食べるなと言っているに等しい」

「でもあれを飲むと調子が良いと思うことがあります」

「あんたもやっているのか？」

「お恥ずかしい限りですが」

「あんたも毒されているな。そのうち栄養剤を飲む方が重要になってきて、食事が疎《おろそ》かになってしまうぞ」

「そうかもしれません」

　大平は、照れ笑いをしている那須が物事に対し受け身でいることが気になってきた。扉を開けておくのが性分だと言っていたにしては、何となく腑に落ちない。

「俺達は確かに歳を食っている。さっき俺は自分が鈍感になっていると言い、あんたは感動しなくなっていると言った。それが現実だろうが、あんたはそれで満足しているのか？」

「だって大平さんもそうなんでしょう？」

「違うな。俺にはまだ色気がある」

「ええっ、女ですか？」

「馬鹿を言うな。人に吹聴できることは何もしていないが、毎日旨いものを食べ、旨い酒を飲もうと工夫している」

「それだけですか？」

「それが色気で、それで充分だ。少なくとも他人に迷惑を掛けてはいない。ついでに言うと、寝る時にはいつも明日の献立を思い描く」

「私にはできないことです」

「あんたはもっと欲を出した方がいいな」

「そうですね…」

　その時、那須の携帯電話が鳴った。大平が時計を見るともう六時前だ。

「電話か？」

「違います。私は一日に三回携帯が鳴るようにしています」

「薬でも飲むのか?」

「家では食事の時間にうるさいんです」

「飯を食うのか食わないのかと聞かれるのは朝食だけじゃないんだな?」

「ええ。だから今日はこのくらいで引き上げます。お付き合いをして下さり、ありがとうございました」

「いや。こっちこそ馬鹿話に付き合ってもらった。二人で飲む酒もいいな。又機会があれば声を掛けてくれ。但し初めに言ったように俺がここへ来るのは月半ばに一度だ。あんたが来る日に合わせてもいい。堅苦しいことは言わず、楽しく飲もうぜ」

「そこまで言っていただくと恐縮します。では又」

那須は自分の勘定書きを持って立ち上がり、大平に会釈をしてからレジへ向かった。


那須が出た後、大平は又煙草に火を付けた。

紫煙が上るのを見ながら、那須の後ろ姿を思い出している。彼の受け答えに何故かしっくりしないところがあり、それが気になる。

那須は悪気のない表情をしている。どちらかと言えば人懐こさがある方だ。だから話し掛けられても無碍に無視する気にはならなかった。然し言葉の端々に暗い雰囲気もある。那須の方が自分より潤いのある生活をしている。彼が夕食に自分の好物を食べるのは一週間に一度だとしても、毎晩の食卓は随分と賑やかなものだろう。孫二人にも好き嫌いがあるらしいから、魚や酢の物に箸を付けないこともあるだろう。栄養があるから食べなさいと言えば、拗《す》ねるかもしれない。大好きなものを二人が取り合いをするかもしれない。そんな光景を目にするだけでも楽しい筈だ。

自分の記憶を辿ると、幼い息子と一緒にお風呂に入るのも楽しみの一つだった。絵本を読んでやったりもした。今の自分は孫と同居していないのでそんな喜びはない。然し那須の場合は違う。孫を散歩に連れて行くこともできる。アニメ映画に連れて行くこともできる。

本人は否定していたが、ひょっとすると、那須は病気を抱えているのだろうか。胃潰瘍などなら医者から酒も煙草も止めろと言われる。但し、せめてどちらかを、と言われれば、禁煙だけする場合もあると聞く。時々飲みに出て憂さを晴らしているのは確かだ。

那須も時間を持て余している。多分家では粗大ゴミになり、女達に疎《うと》まれているのだろう。自分は元々高尚な人間ではないからごろごろしているのだと腹を括れば、大抵のことには動じなくなる。那須は気を遣い過ぎる。

彼には釣りや囲碁やゴルフの趣味もないようだが、仕事人間だったのなら、それは仕方がない。営業をしていたのなら、週末や祝日を返上することもあっただろう。四六時中仕事のことを考えていれば、疲れを癒すだけを優先させるから誰でも無趣味になる。

那須は庭の草抜きをさせられると言っていた。全く何もすることがなければそれを自分の担当にすればいい。いわゆる庭いじりは結構楽しい。女房が亡くなってからは花を止め、二坪しかない庭に胡瓜やミニトマトやレタスなどを植えている。独り者だから水を遣る時にはお早う、と言い、収穫する時にはありがとう、と声を掛けている。いつの間にか芽を出してくる雑草には、あんたは要らないんだ、と文句を言いながら抜く。冬場でも庭の作業はある。枯れ葉を拾ったりするし、僅かしか出ないが、料理に使った野菜屑を埋めたりして肥料の代わりにする。剪定をするとは言わないが、夏場の成長が早い藤の余分な枝を切ったりもする。自分では野菜や木の世話をしているつもりだが、実態は庭が独り暮らしの面倒を看てくれているのかもしれない。持ちつ持たれつというところだろう。

あれこれと他人のことを考えていた大平は、グラスが空になっていることに気が付いた。店が混んできているので引き上げることにした。

少し好い気分になった大平は、決めていた献立を止めにし、近くのスーパーで旨そうな総菜を買い、それをつまみにしてもう一杯飲むことにした。那須となら時々酒を飲みたい。凡人は凡人なりにできるだけ時間を楽しめばいい、そう思いつつ席を立った。


那須に会って以来、大平は月半ばに二日あの居酒屋に顔を出すようになった。自分も扉を開けようという意識からだが、内心では彼の堅苦しさを何とかしてやろうという思いもある。

然し那須は顔を出さない。大平は間が悪いのだろうと考えていたが、ひょっとしたら病気なのかもしれないと心配するようになってきた。


そうこうしているうちに、三ヵ月が過ぎた。

ある日、店に入った大平は、飲み物の注文を取りに来た女に、女将さんはいるか、と尋ねた。彼女は夕方の四時半から出ている筈だ。

奥から笑顔の女将がハイボールを持って出てきた。

「あら、大平さん。今日は年金が振り込まれる日じゃないわよ。どうしたの？」

「いや、女将の優しい顔と可愛い顎にある二つの黒子を拝みたいんだよ」

「嬉しいわね。大平さんがもう少し若かったらお付き合いをさせてもらいたいわ」

「そうか。悪いけれど、同じ付き合うならあんたの娘の方を頼むよ。経験豊富な俺がいろいろと教えてやる」

女将が目を細めて睨み、大平がにやける。

「ところで何かあったの？」

「ちょっと聞きたいことがあるんだ」

「娘の携帯番号は駄目よ。私のならあげてもいいけれど」

「一ヵ月に二回くらい顔を出す男を探しているんだ」

「沢山いらっしゃるからね。誰のことよ?」

「ほら、那須と言って丸顔で髪が少し薄い奴だ」

「ああ、ちょっと暗い感じの人ね」

「そうかな。笑うと顔が皺くちゃになる人懐こい男じゃないか」

「でも一人でいらして、静かに飲んでいた人でしょう?」

「まあそうだろうが…」

「那須さんは少し前に亡くなられたみたいよ」

「ええっ！」

大平は大声を出し、口をぽかんと開けたままだ。

「那須さんと同じお巡りさんだった人がこの前そう言っていたわ」

女将は呆然としている大平を見て驚いている。彼女は地味な那須よりも、あけすけに物を言う大平の方に良い印象を持っていたので、自分が聞いていることをそのまま言った。

「那須さんの家は夜になっても電灯が点かないまま何日も続いていて、近所の人が心配して騒いだみたい。

家主さんと一緒に家に入ったら、台所で倒れていたそうよ。死後二週間くらいで、脳出血か心臓発作だったらしいわね」

大平は女将の口元にある黒子が縦横に動くのを見ているだけだ。

「お知り合いだったの？」

「…」

「ねえ、大平さんたら…」

はっとした大平が聞いた。

「彼が警察官だったのは本当なのか？」

「又聞きだからそう突っ込まれても答えようがないわ。最後は五、六年交番勤務をしていたみたい」

「一緒に住んでいた家族は？」

「何を言っているのよ。彼は一人よ。定年と同時に奥さんが出て行き、同居していた息子さん夫婦はその直前に転勤しているから」

大平は開けた口を押さえ、持っているグラスに目を落とした。胸に当たっている左肘から心臓の鼓動がドクンドクンと伝わってくる。

「大平さんも気を付けてね。誰かが側にいないと心配になるわ。娘に介護の資格を取らせてお世話をさせようかしら」

「馬鹿野郎。俺は大丈夫だよ。もしあんたが倒れたら、三度の食事から風呂の世話までしてやるから安心していろ」

「頼もしいわね」

にっこりした女将が奥へ戻っていく。

大平は二度頭を振り、ハイボールのグラスを口へ運んだが、ガラガラと無機質な氷が鳴るだけだ。

それでも大平は立ち上がろうとはしなかった。那須も好きだった鳥の唐揚げを新たに注文し、黙々と食べた。その間にハイボールのお替りを二杯も飲んだ。女将の話を聞いて以来、頭の中が混乱している。酒の力でも借りなければ、現状を受け入れがたい。

「フー」とため息を吐いた大平はやっと重い腰を上げた。そしてカウンターを端から端まで眺めた。彼にはいつもと同じ光景に見える。

「人生とはこんなものか…」


家に向かって歩きながら、大平は勘定を払う時に女将が言ったことを思い出していた。

「那須さんの台所には猫の餌の買い置きがあったけれど、猫はいなかったと言っていたわ」

猫の話は初耳だった。その猫は今どうしているだろうと思った時、猫がか細い声で鳴いたような気がした。

「猫か。猫も辛いだろうが、那須も自分があんなことになるとは思っていなかっただろう。人はみんな過去を引きずっている。でも現実を見るのが生きる術なんだ。扉を開けたまま、旨い酒を飲む。それでだけでいいじゃないか」

まだ明るい初夏の夕方、大平の足音が雑踏に消えていった。

第二話　完

第三話　遠景

登場人物
清川蛍子《けいこ》
丸山千佳子
北川康子
西村伸晃

お昼ご飯をスタッフ控え室で済ませた清川蛍子は、久し振りに三階の屋上へ出てみたくなった。いつもは外の空気を吸いたいとは思わないけれど、ちょっと気分を変えたかった。窓から見える空は真っ青で、白いペンキを刷毛で撫でたような雲が僅かに見える。

屋上には誰もいない。

「やっと秋らしくなったのね」

清川は大きく息を吸い込んで吐き出した。涼しい風を頬に感じながら柵の前にあるベンチに腰掛けた。手には自動販売機で買った缶入りのカフェラテを持っている。

一口飲んでから前を見ると、桐の大きな葉が僅かに左右に揺れている。この桐もやっと涼しくなった季節を喜んでいるようだ。今年は九月初旬まで異常に暑く、朝夕の気温が下がり始めたのは、つい最近のことだ。

それまでは通勤するだけで肌がじっとりと汗ばんでいた。

外の清々しさに比べ、清川の心は少し塞いでいる。それは今の仕事が嫌になっているからだ。清川は看護師をしている。Ｋ医科大学付属看護専門学校で学び、卒業後はＫ大系列のＴ病院に就職し、現在まで勤務を続けている。

小娘なら仕事を辞め、結婚して家庭に入ることを夢見るかもしれない。然し彼女は今更結婚なんてと突き放したように考えている。彼女は既に二度結婚し、二度離婚している。子供がいないので身軽だけれど、生活があるので仕事を辞めることはできない。

彼女は職場の人間関係で悩み、弱気になっているのだろうか。彼女は職場に問題があると思っている。もう四十歳を過ぎているのに、点滴を何度も失敗する看護師がいるし、何度言っても引き継ぎに漏れがある若い子がいる。基本的なことだけはきちんとして欲しい、と苛立つ清川だが、職場の状況については諦めている。

では今の仕事に飽きているのだろうか。そうではない。病院で働くこと自体が嫌いになってはいない。

彼女の最初の職場は外科の外来だった。次に外科病棟に回され、日勤と夜勤の繰り返しを経験している。そして再度外来に戻った時、看護師長に肩を押された清川は、緩和ケア病棟に勤めることになった。もっといろいろな経験を積んだ方がいいわよと言われ、彼女は二つ返事で転科を承諾した。

緩和ケア病棟は普通病棟と異なり、主に癌患者を受け入れている。然しそこでは腫瘍を取り除いたり、小さくしたりという治療はしない。患者の病期が既に手を施すことができない程進んでいるからだ。不治の病気になれば、誰でも穏やかに最期を迎えたいと思い、周りの者もできるだけ安らかに旅立たせたいと願う。従って、緩和ケア病棟では、患者の精神的な苦しみを含め、痛みや吐き気、発熱や便秘などを和らげるための措置を講じる。患者が一日、一日をできるだけ安らかに過ごせるように、医師や看護師だけではなく、心理カウンセラーやボランティアや家族や友達などが患者の手助けをすることになっている。介護する人がいれば、緩和ケアは患者の自宅でも行うことができる。それが無理な場合、患者は大きな病院では緩和ケア病棟に入院するか、ホスピスなどと呼ばれる独立した施設に入院する。

清川は緩和ケア病棟から外来に戻りたいと思っている。

清川は又桐の葉を眺めた。緑の葉は小振りのスカーフくらいにもなる。今見えるのは大判のハンカチ程の大きさだ。鈴懸（プラタナス）の葉は手のひらより大きくなるけれど、桐の葉とは比べものにならない。この葉を見ていると、優雅な大きさに圧倒され、些細なことに煩わされる自分が宥められるような気分になる。豊臣秀吉などがこの葉を家紋にした理由もそこにあったのだろう。

然しその立派な葉も晩秋には枯れ落ちてしまう。木や花が枯れるのは自然の摂理で、同じように人にも寿命がある。だから彼女は尚更外来勤務に戻りたい。

清川は一度だけ外科病棟で患者の最期を看取ったことがある。病状が急変し、患者の呼吸が止まった。医師と看護師ができるだけのことをしたが、間に合わなかった。医師が時計を見て死亡宣告をした瞬間、厳粛な雰囲気が病室を包み込んだ。自分は呆然とし、穏やかになった患者の顔を見つめていた。暫く死を意識できなかった。

本来、病院とは、「今日で治療は終わりですね」と言い、「退院、おめでとうございます」と言って、元気になった患者を送り出すところだ。ところがこの病棟はそういう時間の流れを待つところではない。ネジを巻いても電池を交換しても、患者の時計はやがて止まってしまう。ここは時計の針が動かなくなるまでの時間をできるだけ穏やかに過ごしてもらう場所だ。

この病棟には四人部屋が一つと十七の個室があり、転科以来二年半、患者は次々と入れ替わっている。挨拶の仕方や言葉遣いに慣れ、気が楽になったと思っているうちに、患者は一人、二人と旅立ってしまう。それを見続けてきた彼女は、もう患者を看取りたくないのだ。このまま仕事を続けていると、人がこの世から離れていくことに慣れてしまうような気がしてならず、内心、それではいけないと思っている。だから出勤する時、足が重くなっている。

彼女も自分はプロの看護師だと何度か思い込もうとした。自分が現実を直視していないからだとも考えた。葬儀屋に勤める人や寺の住職なども自分と似たような立場にある。

然しそこには大きな違いがある。自分は時計が止まるまでの時間の中にいて、患者の笑顔や悩みや苦しみを目の当たりにするけれど、葬儀屋などは患者の時計が止まってから自分達の役目を果たす。確かに彼らも心情的な悲しみに触れる。そうは言っても、彼らが患者の別れの瞬間を共有することはない。共有するのは遺族や親族や友人知人らの悲しみだけだ。然も彼らが旅立つ本人と話をすることは全くない。本人が目を閉じた後の冷たくなった体を見るだけだ。

その違いを意識するからこそ、清川の心は落ち着かない。この苛立ちについて彼女は同僚の誰にも相談していない。仮に悩みを打ち明けても、即座に、「新人みたいね」とか、「心の準備はしている筈よ」と言われるだけだ。

最期が近づいた患者は呼吸困難になったり、昏睡状態になったりする。看護師が臨終に対して心の準備をするのは、その時ではない。患者が病棟に来た時に始める。

清川はいつも新しい患者のカルテや看護記録に目を通し、正確に患者の状態を把握する。然しそこに書かれているのは、病名と症状と投薬の名前だけで、どこをどう読んでも、回復という文字はない。そこに何か別のものを見るとすれば、長くても半年分ネジを巻いた時計だけだ。

だから清川は来年の春を目処に転科しようと思っている。もうそろそろ看護師長に話を切り出す時期が近づいている。

ぼんやりしていた彼女の頬を秋の風が優しく撫でた。はっとして腕時計を見ると、もう昼の休憩は終わる。彼女はカフェラテを飲み干して立ち上がった。


二ヵ月が過ぎ、冬の気配が日増しに濃くなってきた。清川はまだ看護師長に何も言っていない。その代わり彼女は、同じ看護専門学校で学び、他の病院に勤めている丸山千佳子に相談することにした。お互いの休みが重なる勤務になると、二人はよく会っているが、今回は半年振りになる。二人は三日後に会うことになった。


「この前会った時、蛍は外来に戻りたいなんて言っていなかったでしょう」

「千佳にはちょっとだけ仄めかさなかったかな」

二人は行きつけの中華料理屋にいる。中華料理は概してカロリーが高いけれど、清川も丸山も揚げ物や炒め物を注文し、どんどんと食べている。体重を気にする程太っていないのがその理由の一つで、もう一つは二人共独身なので、基本的に自宅では食事に手を掛けないからだ。ビールや紹興酒を飲みながら話している。

「うーん。覚えていないな。仕事の手順が分かっていない同僚のことを愚痴っていたような気がする」

「それだけだった?」

「二人で会うと、いつも先ず職場の不満を吐き出すよね。でもその話は聞いていないな」

「でもあの頃にはもう本気で考え初めていたのよ。だから何か言った筈よ」

「まあ済んだことを言っても仕方がないので、今日はちゃんと聞くから話しなさいよ」

「千佳は一般病棟にいるから分からないと思うけれど、さっきも言ったように、患者さんを看取るためだけに仕事をしているかと思うと、気が塞いでしまうのよ」

「緩和ケアは特殊な仕事だから、蛍の気持ちは分かるわ。患者さんとの信頼関係を築くのはいいけれど、ある程度距離を保ちなさいと言われているじゃない。蛍は患者さんにのめり込みすぎじゃないの？」

「そんなことはイロハのイだから、私だって気を付けているわよ」

「終末期で我の強い患者さんばかりなの？」

「一人ひとりの患者さんとの応対は大丈夫よ。新人じゃないんだからね」

「じゃあ患者さんの状態を何とかしたいと考え過ぎて、気が抜けないの？」

「それも違うわ」

「どう違うのよ？」

「私はあの病棟にもう二年以上も勤めているのよ。患者さんの入院期間は一ヵ月とか二ヵ月が普通なの。沢山の患者さん一人ひとりに同情していたら、身が持たないし、自分の方が病気になってしまうわ。まあ千佳の場合、実務優先で目の前の仕事を片付けるだけだから、そんなことは頭の片隅にも置かないでしょうけれど」

「何よ、それ。まるであたしがロボットのようなお世話をしているみたいじゃない。人聞きが悪いから、言葉に気を付けてよ」

丸山は周囲を見渡した。幸い両隣のテーブルに客はいない。

「じゃあ千佳はいつも冷静だ、ということにするわ」

「さっきも言ったけれど、蛍は自分が患者さんの家族とか友達の代わりになろうとしているんじゃないの？　でもそれは無理よ」

「あのね、千佳。緩和ケア病棟と一般病棟とを比べると、確かに患者さん一人に割り当てられている看護師の数は多いの。その意味では、ナース・コールで呼ばれたら、直ぐに病室に行くことができるし、患者さんに応対する時間も多く割くことができるわ。でも話を聞くことは家族の代わりになることじゃないわ。だから私は自分ができる限界について悩んでいるんじゃなくて、ずばり言うと、患者さんを看取りたくないの」

「じゃあ外来へ戻してもらいなさいよ。簡単なことじゃない」

「私はもう中堅よ。この歳で、患者さんを看取るのは嫌です。元に戻してくださいとは言えないわ」

「そうかな」

「一番引っ掛かっているのは、この仕事を続けると患者さんとの別れに自分が麻痺してしまうことなの。それが怖くて」

「麻痺するって、その状況に慣れてしまうということ？」

「慣れるとは意味が違うわ。患者さんの命を軽く見てしまうと言った方が正確かな」

「終末期の患者さんだけお世話していると、そういう傾向が強くなるかもしれないわね」

「私達はみんな世の中の歯車の一つだけれど、それなりに働いているじゃない。でも今の仕事をしていると、自分が患者さんをベルトコンベアで運んでいるような妙な気持ちになるの。何か悪いことに手を染めているみたいで罪悪感を覚えるし、仕事をしようという意欲が削がれていくのよ。見てはいけないものをいつも見て、してはいけないことをいつもしている感じ」

「複雑ね。麻痺するとか、ベルトコンベアとか言っても、理解されにくいだろうね」

「千佳もそう思うでしょう。私にもプライドがあるから、看護師長に兎に角転科させてくださいとは言えないわよ。こんな考え方をしていると、患者さんにもそれが伝わるような気がして申し訳ないから、それも嫌なの」

「さらっと言ってみたらどうなの。外来の刺激が必要だとか何とか言えるでしょう。それに患者さんだって嫌々仕事をしている看護師に世話をされたくないもの」

「分かった。もう言うわ」

「でも病院の仕事は続けたいのよね？」

「当然よ。独り身なんだから、仕事がないと食べていけないもの」

「そうよね。あたしたちも永久就職の道が開ければ、こうして職場のことを愚痴ることもなくなるんだけれどな」

「千佳の彼は相変わらずなの？」

「彼だってもう四十歳に近いのに煮え切らないのよ。あたしだっていつまでも待っていたら、子供が産めなくなるし…」

「独り身の方が絶対に楽だわよ」

「蛍にそう言われると、もう一歩前に進めなくなるから困るのよ。あたしはまだ結婚したことがないのに、蛍はもうバツ二だからね」

「私の場合はすれ違いが多かったのが原因の一つよ。それでもってご主人さまだぞという顔をされ、我が儘ばかりされたのも嫌だった。私も働いているのに家の仕事を全くしないし、浮気までされたら頭に来て当然でしょう」

「じゃあ再婚相手らしい男はいないのね？」

「今は自由を満喫しているわ」

「仕事で悩んでいるんだから、自由を満喫しているとは言えないな」

「お互い、似たり寄ったりというところね」

「あーあ。もっと楽しく飲んだり食べたりしたいね」

「本当にそう思うわ」

二人は、うん、うんと同時に頷いた。

お腹が一杯になった二人は、店を出ることにした。久しぶりの再会なので、もう一軒行きつけのバーに寄り、カクテルを飲んでから帰るつもりだ。清川は、内心、千佳がカラオケに行こうと言わないように願っている。朝まで付き合わされることがあるからだ。


二月になった。

休日明けの清川が出勤すると、二〇五号室の戸が開いたままで、カーテンも一方に寄せられている。そう言えばと思い当たって部屋に入ると、西村伸晃さんのベッドが片付けられている。壁に掛けられていた江の島の写真と、京都の龍安寺にある吾唯知足（われ、ただ足るを知る）の蹲踞《つくばい》の写真もない。

朝一番なのに清川の心がずんと沈んでくる。涙は出さないけれど、急に自分の目がうつろになった。目の周りの筋肉も緩み、力が抜けていく。彼女は首を垂れ、目を閉じ、手を合わせた。そして弾けるように小走りで部屋を出た。

「お早うございます」

朝のナース・ステーションは賑やかだ。夜と朝のシフトが交代する。日勤組は元気の良い表情をしている。清川は何とか職場の顔を取り戻そうとした。

その時だった。看護師長が現れ、

「清川さん、ちょっと」

と声を掛けた。どきっとした清川は、

「はい」

と返事をした。

朝の引き継ぎが始まるまでにはまだ時間がある。看護師長の肩越しに、同僚二人の顔がまるでその理由を知っているかのように見える。

看護師長がナース・ステーションの入口まで移動したので、清川も後を追った。

「西村さんがお亡くなりになったのは知っているわね」

「済みません。今来たばかりなので、誰からも何も聞いていません。二〇五号室が空いているのは、通りすがりに分かりました」

「残念でしたが、一昨日の夜に旅立たれました。ご遺族の方が昨日来られ、持ち物を片付けて帰られました。〝本当にお世話になりました。皆さんに宜しくとおっしゃってください〟、というお言葉をいただいています」

「そうですか。特に何もできませんでしたが、そう言っていただくと嬉しいです」

清川は素直に頭を下げた。改めて心の中に鉛のような重しを感じている。

「実はそれだけではないんです」

「えっ？　私、何か不手際をしたんでしょうか？」

「そうではありません。ご遺族宛の遺言と一緒に、あなたへの手紙がありました」

「はあ？」

「これです」

看護師長が、真っ白い封筒に清川蛍子様と書かれたやや厚い封筒を差し出した。清川はおずおずとそれを受け取る。患者とはある程度距離を置いて接するようにという言葉が耳に響いている。

「封がしてあったのでご遺族の方は手紙を読まれていません。でも私は目を通しました。少し込み入ったことが書いてありますが、ご遺族との関係では特に問題はありませんでしたし、看護師業務に支障が出るようなことも書いてなかったと私は判断しています」

看護師長の目がきらりと光ったが、笑顔だったので彼女は少しほっとした。

「では休憩時間に読ませていただきます」

看護師長は清川の肩を叩いてからナース・ステーションを出ていった。

引き継ぎが行われ、清川はいつものように動き出した。


一時になった。昼食休憩でスタッフ控え室に入った清川は、西村からもらった手紙をポケットから出し、そのままテーブルの上に置いた。彼への礼儀としても、食事をしながら読むものではない。

今朝自分が作ったツナ・サンドイッチを手にした。その時、彼女はつい一ヵ月程前まで患者だった北里康子のことを思い出した。そのサンドイッチには市販のものよりマヨネーズを多めに入れている。

北里の病名は胆嚢癌。癌が既に肝臓や脊髄などに転移していて、緩和ケア病棟に転院してきた。入院当初、彼女の顔には張りがあった。輸血の効果が出ていた。笑うと左の頬に可愛いえくぼができる人だった。彼女は口数が少なかったけれど、自分とは波長が合ったようで、親しく話をしてくれていた。

あれは彼女の体調が悪化する直前だった。検温のために病室へ行った時、彼女は紅梅の枝をあしらった綺麗な封筒を手渡してくれた。

「今日は日勤でしょう。だからあなたが来るのを待っていたの」

「えっ、何でしょうか?」

「これはあなた宛てに書いた手紙なの。お嫌かもしれないけれど、読んでくださると嬉しいわ。でも今はまだ恥ずかしいから、私が息を引き取るまでは読まないでね」

「康子さん。こうしてお話ができるんですよ。寂しがらせないでください」

「だから今のうちに渡しておきたいの」

手紙を受け取った後、何かの切っ掛けがあり、彼女と食べ物の話をした。

「私、ツナ・サンドが好きなの。でも売店で売っているのはもう買わないわ」

「どうしてですか?」

「マヨネーズの量が私にはちょっと少ないの」

「パサパサし過ぎですか?」

「そうなの。それにわざと甘くしていると感じるのよね。簡単にマヨネーズだけで混ぜた方が美味しいわ」

「それじゃあ次の日勤の時、私が作ってきましょうか。お口に合うかどうかは保証できませんが」

「いいの？」

「頑張ってみます」

そんな約束をした四日後の昼過ぎ、北里は自分の目の前で旅立った。サンドイッチは持参していたけれど、夜中に昏睡状態に陥った彼女に食べさせることはできなかった。

彼女の手紙を読むことができたのは、その日の勤務が終わってからだ。北里の文面はまだ覚えている。


〝蛍子さん、あなたが私の話にお付き合いをしてくださったので、楽しい時間を過ごすことができました。あなたを次男と結婚させたかった、と言いましたが、あれは本心からです。次男は真面目な性格だけれど、気が弱いのです。あなたに任せれば安心だと思ったのですが、それは無理ですよね。虫が良いと思われるかもしれませんが、今度生まれてくる時には、あなたのような人を娘として産みたいと思っています。

くれぐれも無理をし過ぎないように。お元気でね。

北里康子〟


サンドイッチなんていつでも作ることができたのに、と歯噛みをしたことも思い出した。目の前には西村の手紙がある。今度は彼のことが目に浮かんできた。

西村は退職後も嘱託として週に四日市役所に勤めていた人だった。食べ物が喉に引っ掛かるような症状があったのをずっと放置していたため、食道癌が見つかった時、既に手遅れだった。それで緩和ケア病棟に入院してきた。

入院当初の西村はぶっきらぼうな挨拶しかしなかった。従ってナース・ステーションでは全く人気がなかった。人を信用しようとせず、態度も横柄だった。天井や窓の外を眺めていることが多く、何もしない人だった。

でもそれは彼に限ったことではない。余命告知をされた人は暫く不信感の塊になる。然も彼には面会に来る家族も友達もいなかった。

他の看護師と同じように、自分も彼の病室に入るのが嫌だった。患者と距離を置くどころか、彼には取り付く島もなかった。それでもせめて食事をすることができれば彼の気分も変わったかもしれない。それは病院が出す食事が豪華だからではなく、単に朝七時、昼十二時、夕方六時と食事が出れば、長い一日にメリハリが付くからだ。その上料理は毎日異なる献立で出る。然し誰も西村には食べ物のことは触れられなかった。彼は中心静脈から点滴で栄養を摂っていた。

あれは入院後二週間くらい経ってからのことだ。何の前触れもなく、西村は看護師に挨拶をするようになった。最初はぎこちなかったけれど、自分にも機嫌を伺ったりする素振りを見せ始めた。然し思い当たる節は何もなかった。

そして彼は自分を含め他の看護師にも冗談や駄洒落を言うようになった。最初はスタッフ全員が、「えっ、どうして？」と戸惑う程だった。その後は、「あのオヤジギャグに付き合うのも大変よね。前の方が静かで良かったかな」とみんなが冗談を言うようになっていた。実際、彼の雰囲気が明るくなってからは、自分も気楽に彼の病室に入っていた。

ある時、こんなことを言われた。

「蛍子ちゃん。変な話だけれどさ、さっき窓から外を眺めていたら、お坊さんが歩いていたんだ」

「それはお坊さんだって歩くでしょうが、縁起が悪いわね」

「気にしない、気にしない。お坊さんは何人いたと思う？」

「一人じゃないの？」

「そう（僧）」

「ええっ、二人ってこと？」

「そう（僧）、そう（僧）」

　清川がきょとんとしていると、

「やっぱり若い人には無理か」

と言いながら、彼は顔を皺くちゃにして笑った。そしてそれが駄洒落だったことを説明してくれた。

　変心した西村は、その時壁に飾っている江ノ島と龍安寺の写真は彼が撮影したものだと教えてくれた。四十歳を過ぎた頃、彼は偶然古本屋でナショナル・ジオグラフィックという写真雑誌を見て感動し、その直後にデジタル・カメラを買って風景を撮り始めたそうだ。彼は時間潰しだよと謙遜していたけれど、二枚共感じの良い写真だった。

　江の島の写真は右側の江の島大橋と左側の江ノ島を背景にして、ビキニの女の子を写していた。だから彼をからかった。

「女の子ばかり撮るなんて、西村さんもオジサンなのね」

「あの子たちは気が付いていないけれど、若さというのは溢れ出る命なんだ。太陽の光の中で踊っている命なんだ」

「何か哲学的ね。でも本当はそれだけじゃないでしょう?」

「綺麗なものは誰が見ても綺麗だからいいんだよ。それに盗み撮りではなく、彼女達の了解を得て撮っているしね」

西村は自分の挑発に全く動じなかった。彼はその写真を焼き増しして女の子の一人に郵送したらしい。

その後西村は点滴スタンドを引きずりながら、持ってきていた最新のデジタル・カメラで病棟内や屋上のテラスからの写真を撮ったりもするようになった。病棟内で写真を撮る時には、必ず看護師や患者から了解を得るようにもしていた。

でも彼の姿を見ることはもうない。


はっとして我に返った清川は、いつの間にか食事を済ませていた。ちゃんと噛んで食べた覚えはないけれど、目の前には確かにサンドイッチを包んでいたラップとアルミホイルが丸めてある。

西村からの封筒を開けると、細かい字で書いた便箋が十枚近くも入っていた。四角くて丁寧な字が、飾り気のない便箋にびっしりと並んでいる。お役人をしていたからかもしれないと思いつつ手紙を読み始めた。

蛍子ちゃんへ
これは僕からあなたへのラブレターです。今の子は直ぐに消えてしまうメールを遣り取りするだけなので、この手紙は貴重です。僕がもし有名人だったら、この手紙は、十万円、いや、五十万円で売れるかもしれません。だから額に入れ、大切にしてください、なんてね。ここで、まさか、と大笑いでしょう。
お笑いついでに書くと、蛍子ちゃんが初めて病室に来て自己紹介をした時、あなたの印象は強烈でした。

あなたは後光が差す程輝いていて、この病室が急に明るくなったのです。ぱっちりとした目元、可愛らしい丸い鼻、きゅっと結んだ口元が魅力的でした。綺麗なモデルさんが入ってきたのかと思ったくらいです。当時は仏頂面をしていた僕ですが、あなたは入って直ぐにモー出ルとは言いませんでした。

　こんな歯が浮くような言葉ばかり並べたら、僕が正気ではないと思うでしょう。これは僕の頭の中に笑気が渦巻いているからです。

　さて、そろそろ本題に入ります。

　初めに謝っておきます。こんな手紙を書き残し、然もこれをあなた宛てにしたことを申し訳ないと思っています。勘弁してください。

　僕には弟と妹がいて、二人に遺言めいたものを書いています。でも心情的なことは何も書いていません。縁遠くなっている身内に今更自分の気持ちを吐露したくないのです。では親友に書けば、と言われるかもしれませんが、そんな友達はいません。それなのにあなたに書くのは虫が良すぎますよね。他に相手がいないからだと考え、許してください。

　僕は役所で主に国民健康保険や国民年金などを担当していました。保険や年金の申請手続きは相手任せですから、処理する件数が実績になりはしません。個別の事案で特に悩むこともなく、熱心にとまでは言いませんが、それなりに仕事をこなしてきました。仕事が生活の中心だったからか、この年になるまで、自分の人生に何かが足りないと考えたことはありません。

　僕は女性との付き合いにも恵まれませんでした。四十歳になり、写真を趣味にしてからは、結婚を考えることもなくなりました。週末や連休を利用して各地へ出掛けることが楽しくなったからです。

　今考えると、仕事に対する消極的な取り組み方が、つまり惰性に流された現場での長い経験から、僕の意識も鈍くなり、ダセー・オジサンになっていたのです。

余命告知をされ、人生に対し投げやりになっていた僕は、弟や妹に頼らないと決心していたし、自宅で独り苦しみたくもなかったので、この病棟へ来たのです。自分の生活と他人の生活との落差だけを恨んでいたから、当初の僕はあなたたちの笑顔を作り笑いだと思い、あなたたちの心遣いに気が付かなかったのです。

僕が入院して気が付いたことは、時間が経つのが遅すぎることでした。そして何もすることがないという現実でした。テレビを見ても面白くはありません。そこにあるのは他人の生活だけだからです。雑誌や本を読む気にもなりませんでした。今更何のためにと思っていたからです。所詮何をしたって同じだと考えると、本当に何もしたくなくなるのです。これには少し驚きました。僕は自分がもっと理性的な人間だと思っていました。

でも時間とは不思議なものです。何もすることがない一日は確かに長いです。ところがぼうっとしていれば、時間は過ぎていってくれるのです。それを助けてくれるのが眠りです。昼間眠ると夜寝られなくなります。然し眠らなければならないと考えるから、寝られないことが気になるだけなのです。敢えて寝なくてもいいのだと割り切れば、不眠さえ克服できます。もっと現実的なことを言えば、不眠だろうが、快眠だろうが、僕にはもう関係ないのです。その意味では腹が据わっていました。

従って僕は只ぼうっとしていようとしました。天井の右端から左端まで、上の端から下の端まで、あるいは窓の外を見渡すことを心懸けていました。

それでも時には正気に戻ることもあります。そんな時僕の頭に浮かぶのは過去のことばかりでした。現実を直視しても仕方がないし、将来はもうないと考えていたからでしょう。

ところが思い出すのは役所勤めのことだけなのです。然もロボットのように仕事をこなしていたことだけなのです。余りにもつまらないので、私生活を振り返ろうとしました。でもテレビを見て笑い、飲んで食べて寝たこと以外、これといった記憶がありません。自分は一体何者なのだったのかと考え、つい苦笑いをしてしまいました。自信を持って答えられる自分の姿が見えて来ませんでした。僕は焦りました。僕の過去がすべて否定されたからです。

僕はお酒を飲むことが好きなので、一ヵ月に何度か同僚や友達と飲んでいました。行きつけの飲み屋やバーもありました。今になってみると、僕は、外で飲んでいれば、人との繋がりがあるのだと勘違いしていたのかもしれません。

僕の写真の被写体は殆ど全部が風景です。時には江の島の写真のように、女の子をフレームに撮り込んでいますが、静的な風景により魅力を感じていました。だから龍安寺の蹲踞《つくばい》が、小さいのにまるで空間を支配するかのように醸し出す静寂さに魅了されました。でも僕は全く気が付いていなかったのです。人がいない風景も、そこに人の存在を意識するからこそ、写真として成り立つことに。そしてそれを画像に残すことが、人との対話であることに。言ってみれば、視覚による対話です。

今までの僕は人と繋がることに無頓着でした。人と何かを共有することの楽しさを理解していませんでした。そこに夢を育もうとしていなかったのです。然も自分の感情を表に出すことが億劫でしたから、女性との付き合いも上手く行かないままでした。僕が高望みをしたわけではありません。これは本当です。

でも暫くして僕は二つのことに気が付きました。その切っ掛けを作ったのが、実は蛍子ちゃん、あなただったのです。

もう三週間くらい前になると思いますが、朝、ナース・ステーションが賑やかになり掛けた頃、僕は屋上のテラスから下りてきました。僕は、空いたばかりの病室の中で黙祷をしているあなたを見掛けました。僕は驚きました。患者が亡くなったことに動揺したからではありません。あなたの姿を見て、身体がぞくぞくっと震えたのです。マズイ、と思い、僕は二、三歩後ずさりをしました。そうしたらあなたが出てきて、小走りに去っていきました。ちらりと見ただけですが、あなたの目元が光っていたような気がします。

病室に戻ってから僕はいろいろと考えました。そして思い当たったのです。

一つは、僕を助けてくれる人が沢山いることです。あなたもその一人です。掃除をしてくださる方もそうですし、食事とは言えませんが、点滴用のパックを作ってくださる方も同じです。単なる業務だからと言えばそれまでですが、僕は皆さんに感謝するべきだと考え直しました。無視されて当然のこの身を気遣ってくれていることが、やっと分かったのです。

二つ目は、僕にはまだ時間があるということです。この現実に気が付いたのは、あなたの姿を見た明くる朝、何気なく病棟の本棚にあった本を手に取ってからです。

そのヒンズー教の本には、「心が変われば行動が変わる。行動が変われば習慣が変わる。習慣が変われば人格が変わる。人格が変われば運命が変わる」と書いてありました。最初はその言葉を、フン、と笑い飛ばしました。僕の運命はもう定まっています。でも暫くその言葉が頭の中に残っていました。

午後になり、僕はふと考えました。僕が今の境遇を他人の生活と比べて不満を抱いているのは、僕がまだこの運命を諦め切れていないからだろうと思いました。つまり残りの時間を気にしているからに違いないと思ったのです。

そこで僕はどんな時間があればいいのかと考え始めました。いつ死んでもおかしくないのだから、あれをしたいとか、これもしたいとかを望むのは無理です。結論は直ぐ出ました。単に今日と明日、明日と明後日くらいあればいいということでした。そのくらいの時間はどうにでもなるし、僕だけのものです。それでカメラを再度手にしたのです。カメラがあれば、僕だけの時間を切り取ることができます。

僕は病院の中や屋上から見える景色の写真を撮り始めました。そうは言っても、被写体にはプライバシーの問題があります。ですからあなたたちを被写体にする時は、前もって断りました。誰だって主役を永遠に降りてしまう人に写真なんて撮られたくないですからね。

僕は写真の他にも欲を出しました。僕は病院にある患者用の本を片っ端から読み始めたのです。それまでも時間潰しに本を開いたことがありましたが、意識が変わったのです。本や雑誌はみんな人が書き、人を扱っています。そして一冊の本に出会いました。

この本には今から八百年も前のことが書いてありました。『千載和歌集』を編纂したことで知られる藤原俊成の九十歳の誕生日をお祝いするために、鴨長明が次の歌を詠んでいます。因みに彼は『方丈記』を書き残したことで有名です。

〝久方の雲にさかゆく古きあとをなほ分けのぼる末ぞはるけき〟

意味が分からないかもしれませんが、四、五回読んでみてください。僕は、何となく時間を大切にしているんだろうな、と勝手に解釈しています。

小難しく偉そうなことを書いていますが、僕はあなたの涙を見たことで変わったのです。ナース・ステーションでは僕の変心が何度か話題になったと思います。急に駄洒落や冗談を言い始めたからです。僕はあなたたちに少しでも笑って欲しいと考えました。恩返しなどとおこがましいことは言いませんが、入院直後からの態度が大人気なかったと反省していたつもりです。

不思議なんです。考え方を変えるだけでお風呂に入ることを楽しむようにもなりました。それまではお風呂に入ることさえ面倒でした。普通なら女性の看護師さんに囲まれているので、体を清潔にすることを考えます。然し僕は加齢臭が何だ、身だしなみが何だ、そんなことはどうでもいいと考えていました。でも意識が変化してからは、お湯に浸かっていると、じわじわと暖かさが全身に伝わり、肌が喜び体に新しい血が流れるような気がしました。只のお湯、蛇口を回せばどこでも出てくるお湯なのに生きていることを伝えてくれるのです。

これが今の僕の心情です。他人から見れば矢張り僕は最期を迎え、あがいているのでしょう。でも僕は座して最期を待ってはいません。姥捨て山にいるのだとも思っていません。まあ爺の場合は爺捨て山でしょうが。明日があればいいなと思いつつ、今日も寝ます。明日目を覚ませば、蛍子さん達に会うことができます。自分の時間をカメラで切り取ることができます。凡人の僕にとっての望みはそれだけです。

もう止めましょう。これ以上続けると、見苦しくなります。

蛍子さん。ここまで細かい文字を読んでくれてありがとう。

いずれにしてもあなたは変なオヤジに捕まりました。これは運命だと諦めてください。あなたには何の責任もないと言いたいのですが、実はあなたの優しさが罪作りなのです。この世の中、罪と罰はセットになっています。だからこの手紙はあなたへの罰です。悪しからず。

最後に断っておきます。あなたが読み終わっても、この手紙は自動的に消滅しません。ですからゴミ箱に捨てるなり、シュレッダーに掛けるなりして処分してください。持っていても、僕が有名ではないのでお宝にはなりません。

もう一度あなたにお礼を言います。ありがとう。

それと、あの怖い看護師長さんにも宜しく言ってくださいね。

西村伸晃　拝

手紙を読み終わった清川は暫く呆然としていた。これこそ人が生きていることの証《あかし》だと思った。と同時に、人との繋がりを切ってはならないという警鐘を聞いたような気がする。自分は歯車の一つに過ぎないが、錆びて耳障りな音を立ててはいないし、回っている限りは役に立っているのだろうと思った。

……

二十四年後、清川蛍子は看護師として最後の日を迎えた。

仕事を終えた彼女はスタッフ控え室に戻ってきた。ロッカーを開けると、中はがらんとしている。私物の殆どは既に家に持ち帰っている。残っているのは十八通の封筒と葉書の束だ。

それらの多くは入院中や退院後の患者が彼女宛に書いてくれたものだ。だから手紙には平仮名で書いたものもある。その中で一番古いのは、緩和ケア病棟で旅立った北川康子と西村伸晃からもらったもので、もう封筒自体が黄ばんでいる。清川は外来から病棟へ、病棟から外来へと勤務を変わるたびに、その手紙を次のロッカーに移して保管していた。

その束を手にした清川は、

「今日で四十年近い勤務を無事終えることができました。これは皆さんが私を支えてくださったからです」

と心の中で言い、頭を下げた。そして手紙の束をバッグに入れ、ロッカーを閉めた。

今夜はいつもの中華料理店に直行し、同期の丸山と女子会をすることになっている。

第三話　完

第四話　切花

登場人物
　堀込顕正
　丹羽正造
　東尾信正
　有働正和
　藤原忠正
　見上正弘
　本藤輝正

「おい、お兄さん。こんなところで何をしているの?」

「誰だ、お前は?」

「あっ、オジサン」

「何だ、A子ちゃんか」

「悪かったわね」

「お兄さん。この子は僕達の知り合いなんだ。手を出さないでくれよ」

お兄さんと呼ばれた男はオヤジを睨むと同時に、彼の後ろにもう一人オヤジがいることに気付いた。それでも女の子に名刺らしいものを渡そうとする。

「何か困ったことがあれば昼でも夜でも構わないから連絡してよ。メールでも何でもいいんだ。必ず返事をするし相談に乗るからね」

オジサンは彼の手からその紙切れをむしり取った。

「もう行け」

「怖いな。こんなエロオヤジに捕まったら君は大変なことになるよ。気を付けてね」

男はまだ優しそうな笑顔を浮かべつつ立ち去る。

「ここへ来ちゃ駄目だって言っただろう」

「でも行くところがないのよ」

「それはこの前も聞いたよ。今日は時間があるのか?」

「あるけど」

「じゃあ、あそこへ座ろう」

堀込顕正はA子を伴いながらベンチへ向かう。その時彼の後ろにいた丹羽正造が両手を高く上げて二度交差させた。すると五十メートル程離れたところにいた二人の男がほぼ同時に右手で合図をし、堀込達とは別方向へ歩き始めた。

彼らがいるのは夢椿公園。この公園は北から南へ流れる二本の川に挟まれた砂州を、関東大震災後に出た瓦礫で埋め立てて作ったものだ。東側には諸官庁や会社などがあり、西側には繁華街がある。然も近くにJ

Ｒと私鉄の駅もある。

　この公園は名前が示すとおり赤や白の花を咲かせる椿の木で囲まれている。二万五千平方メートルの敷地には桜や夾竹桃や銀杏の木なども沢山植えられている。ベンチが百個くらい設置されているので、天気が良い日には周囲で働く人が昼ご飯を食べたり、昼寝をしたりする場所にもなっている。ファミリーレストランと喫茶店が一軒ずつあり、屋台も何台か出るので、多くの人の憩いの場所になっている。


「ねえ、オジサン。その鉢巻には何の意味があるの？」

　堀込と丹羽は「宗谷の七人」と書いてある鉢巻をしている。

「これかい？　僕達仲間の名前だよ」

「仲間が七人いるってこと？」

「そうや」

「でも変な名前ね」

　堀込とＡ子はベンチに座るが、丹羽は立ったままだ。

「Ａ子ちゃん、お腹はどう？」

「何よ。妊娠してなんかいないわよ」

「当たり前だろう。ぽんぽんが大きくなって困るのは君だけじゃない。お腹の子供だって困る」

「堀さん。その話の前に聞いてくれよ」

「そうや。Ａ子ちゃん、ご飯は食べているか？」

「まあね」

「最後に食べたのは？」

「昨日の夜」

「どうする。たこ焼きかお好み焼きか焼きそばのどれがいい？」

「たこ焼き」

「飲み物はジュースでもいいかい？」

「うん」

丹羽が手にしていた携帯電話のボタンを押した。数秒後、

「東尾。たこ焼きとジュースを一つずつ頼む」

と言った。側にいた丹羽は公園西門の方へ向かった。電話を受けた東尾信正がそこで屋台を出している。

「A子ちゃん、この前は時間がなくて言えなかったけれど、ああいう男はみんな暴力団などと繋がっているから危ないんだよ」

「でも優しいわよ。仕事をくれると言っていたし、私と同じような子と一緒に寮に住むこともできるんだって」

「それが奴らの手口なんだ。奴らは慈善事業をしているんじゃない。君達を使ってお金を儲けることしか考えていない」

「それはみんなそうでしょ。オジサン達はもう仕事をしなくてもいいけれど、今の私にはお金が必要なの。楽にお金を稼がせてくれるんだから、放っておいてよ」

「お金があっても今日と明日のためにだけに使うのは夢がないじゃないか」

「いいの。ハンドバッグなんか欲しくないし、友達とカラオケやゲームセンターで騒いでいれば楽しいから」

「カラオケが好きなんだ」

「大きな声で歌うと気分がすっきりするからね」

「でもカラオケに行っても長時間いれば相当お金が掛かる。段々と派手にお金を使うようになってはいないかい？」

「カラオケで困っても私達は大丈夫」

「どうして？」

「私達の一人が男を見つけてくればいいだけよ。一時間もあればお金はできるから」

「それなら家に帰り、学校にも行き、普通のアルバイトをすれば何回も行けるだろう」

「オジサンは学校のことを何も知らないでしょ。みんな気取ったことばかり言うからむかつくのよ」

「そんな子は無視したらどうなの？」

「学校はそういう子ばかりなのよ。知ったかぶりで押し付けがましいからウザイわ。面白いことなんて何もないから学校なんてもうどうでもいいの。と言っても家にいるのも時間の無駄。外の子と付き合うのが一番。隠しごとがないからね。それに私達が二、三度仕事をすれば、一週間くらいは遊べるから今はそれでいいの」

「あのね。そんな仕事にはみんな罠があるんだ。奴らは一人二人の女の子を狙っているんじゃない。二十人も三十人も騙して稼がせている。組織が大掛かりなので一旦奴らの毒牙に掛かるともう逃げられない。奴らが君達を解放するのは病気になった時だけだぞ」

「紐に繋がれているわけじゃないから逃げるなんて簡単よ。仕事が済んで男と分かれる時にさっと逃げるから大丈夫」

「危ないことはもう体験済みというわけか」

「そうよ。でなければこの世界では生きていけないわ」

「逃げられたのは偶々運が良かっただけだ。でもA子ちゃんは何故逃げ出そうとしたの?」

「だって条件が悪いからよ」

「よく考えてみなさい。A子ちゃんが逃げたくなるなら他の子だって逃げたりするだろう」

「だから?」

「みんな最初は言う通りにしていれば何とかなると思ってしまう。少しくらいお金をもらっても実態は不自由な筈だよ。家に帰らなくてもいい、学校に行かなくてもいいから気分的には楽だよね。でも次第にあれはするなとか、これは駄目だと言われるし、体調が悪い時でも仕事をさせられたりする。だから面倒くさくなって逃げ出すんじゃないのかい?」

「まあね」

「つまり逃げ出す子が多いから奴らはどんどん次の子を捕まえてくる。でも逃げ出す子が多いと効率が悪い。それで奴らはいろいろな工夫をする。一つの例は寮に住まわせることだ。寮にいると友達ができるから安心する。もう一つの例は悩みや嫌なことがあったら、直ぐ店長に相談してくれ、と言うことだ。どうしてか分かるかい?」

「それも安心させたいからよ」

「そうだ。居心地が良いと思わせるために相談をさせる。店長とか上の人を出してくるのは、親身になって話を聞いてくれる人がいると信じさせるための手段なんだ。じゃあ実際に何をするかと言うと、女の子を担当している男を交代させることもあるけれど、他の店などに移したりすることが多い。でもその店も同じ系列なので結局は風俗の仕事からは離れられない」

「楽をしてお金を稼げるからいいの」

「今日と明日はそれでもいい。でも自分の生活を縛られていることは同じだよ」

「大丈夫よ。逃げるから」

「又それを言う。奴らが本気になったら女の子を一人見せしめにするんだぞ。見せしめにする時は絶対に逃がさない。その子は多分川に浮かぶことになる。そしてその噂を店に流すんだ。そうするとどうなると思う？」

「みんな怖がるわ」

「今までは一ヵ月に十人くらいが逃げたとしても、暫くはその人数が激減する。もう一つ言っておくよ」

「何よ。怖がらせても無駄よ。私だって昨日今日こんなことをしているんじゃないし」

「じゃあ聞いてみるけれど、Ａ子ちゃんが前にいた店の人は、君の生徒手帳を見たり写真を撮ったりしているだろう？」

「嘘の名前を言ったから大丈夫。でも顔見せのために写真は撮られたわ」

「他にも仕事中の写真を撮られたりもしている筈なんだ。奴らは本名や住所や写真を使ってお金を儲けることも考えている」

「それって私の両親を脅すってこと？　別にいいわよ、親が困ったって」

「本当にそれでいいのかな。奴らは家に行くだけじゃなく、近所に君の写真をばら撒いたりもするんだ。そうなると君だけが知らん顔をして家に帰るわけにはいかなくなるんじゃないかい？」

「あんな親なんてどうでもいいと言っているでしょ」

「じゃあ、一生家に帰らなくてもいいんだ」

「そういうこと」

「A子ちゃんがそこまで決心をしているのは立派だよ。但し今のようにふらふらしていたら困ることが二つある」

「いつまでも若くはないと言いたいんでしょう」

「そうや。もう一つは病気と妊娠のことだ。病気になったら奴らからは捨てられる。妊娠したら中絶させられる。中絶の手術もきちんとした病院ではできない。いい加減な処置をされて本当に病気になることもある。その上高い中絶代金を取られるから余分に働かなければならなくなる」

「オジサンは嫌なことばかり言うのね」

「ついでも言うと、A子ちゃんはインターネットをやっているだろう」

「勿論よ。SNS（ソーシャルネットワーキングサービス）やラインもね」

「そのネットに女の子の友達はいるかい？」

「当たり前でしょう」

「それも危ないいな」

「どうして？」

「A子ちゃんの相手が本当に普通の女の子かどうか分からないからだよ。奴らの中にはネット担当がいる。君の悩みを聞く振りをして逆に利用するんだ」

そこへ丹羽がたこ焼きとジュースを持って戻ってきた。

「おう、大分深刻そうな顔をしているな。まあこれを食べて一息吐いたらどう」

A子は黙ってたこ焼きを食べ始めた。

「有働と藤原の方はどうなんだろう。東尾は何か言っていたか？」

有働正和と藤原忠正も堀込たちの仲間だ。

「それらしい女の子の二人連れを見つけたらしいが、警戒されて逃げられたようだ。鉢巻の効用にも限界があるとこぼしていた」

「見上と本藤は？」

見上正弘と本藤輝正も彼らと一緒に見回りをしている。

「西門から入ってきたいつものお兄さんを追い掛け回し、追っ払ったようだ」

「いたちごっこだけれど、一時間でも二時間でも奴らを女の子たちから遠ざけるだけで御の字だとしよう」

「堀さん、後一時間で五時になるぞ」

「そうや。A子ちゃんが食べ終わったら、後は五人に任せて俺達は移動しよう」

「オジサン。私はどうすればいいの？　行くところなんてないのよ」

「ちょっと俺に付いて来てよ」

「変なところに連れ込むんじゃないでしょうね」

「この顔付きだと信用されないかもしれないが、ちょっと付き合ってよ」

堀込の合図で丹羽が児童相談所に電話をする。

「もしもし。宗谷の七人ですが、一人連れて行きますので、まだ帰らないでくださいね」

携帯電話からは、「了解」とひと言漏れてきた。続いて丹羽は有働に電話をし、二人が公園から出ることを伝えた。

一方、堀込は念のためにNGO（非政府組織）の女性駆け込み寺にも電話をした。

さて、宗谷の七人とは何者なのか。

丹羽と東尾と藤原と有働は元々この地域の生まれで、小学校から高校まで一緒に通った同級生だ。丹羽は洋服屋の息子で父親の家業を継ぎ、現在は息子夫婦に店を任せている。東尾は娘夫婦にお好み焼き屋を任せ、自分は夢椿公園の側で屋台を出している。その屋台を時々手伝っているのが元警察官だった藤原と元県庁職員の有働だ。

四人のうち丹羽と東尾と藤原には武勇伝がある。それは三人が空手部に所属していた高校三年生の夏のことだった。ある日、東尾は付き合っていた女の子から、友達が困っているという相談を受けた。

話を聞いてみると、夢椿公園で男の子とベンチに座ってデートをしていたら、木陰から大人の男達に覗かれ、それを怒った男の子が、〝生意気な口を利くな〟と言われて殴られた。こういう話は学校で直ぐ広がる。その後東尾は何人かの生徒が被害に遭っていたことを知った。大人のカップルの中には金を取られた事例もあるらしく、公園内には怪しげな男達に気を付けましょう、という張り紙もあった。

そこで東尾ら三人が集まり、罠を仕掛けて出歯亀と呼ばれる男達を懲らしめることにした。懲らしめると言っても暴力を振るうことはできない。特に空手部員の場合、暴力沙汰を起こせば即退学になるだけでなく、少年院に送られることもある。だから比較的裕福だった丹羽が高級なカメラを持ち出し、フラッシュを焚いて覗きをする男達の写真を撮り、それを公園内のベンチや木に、除き男に注意、と書いて貼り付けた。

三人は夏休みの間、何度か公園内で見回りを続けた。出歯亀の出現は激減した。然し彼らのことを知った学校が見回りを止めさせた。

それから五十年後のある日、県庁を随分前に退職していた堀込は久し振りに部下だった有働と居酒屋で飲んでいた。

最初は取り留めのない話をしていた二人だが、そこへひょっこり現れたのが丹羽と藤原だった。有働はその二人を堀込に紹介した。そして昔のことですが、と断った上で二人の武勇談に触れた。ついでに藤原が警察の生活安全課にいたことも付け加えた。その時堀込は、そうか、と頷いただけだったが、やや考え込んでいた。

そして十日後、堀込は有働に頼み込み、再度四人で居酒屋に集まった。

堀込は自分が県庁で教育課長と福祉部長を務めていたことを説明し、最近の夢椿公園が家出少女などを風俗業界へ引っ張り込む草刈り場になっていることを嘆いた。又援助交際に誘う男が多いことも指摘した。そしてもう少し仲間を増やし、昼間だけでも公園内の見回りをすることを提案した。

有働は堀込の元部下なので、一も二もなく彼の提案に賛成した。丹羽も同意し、その場で東尾に電話を掛け、一時間後には彼が友達の見上と本藤を連れて居酒屋に現れた。みんな隠居状態なので酒の誘いは断らない。

そこで決まったのが次の四点だ。
一、東尾が屋台を出す日の昼から午後五時まで二人一組で公園内を見回る。当日は見回りのことを予め交番へ届ける。
時間を夕方五時までと限ったのには二つの理由がある。一つは児童相談所の係員が対応できるのが五時までだからだ。二つ目は自分達の現状を考慮したからだ。全員が六十五歳前後なので、腕力はないし、夜は目が見えにくくなるし、動きが鈍い。つまり時間制限は危険を避けるための自己防衛手段だ。

当初、この作業は初夏から初秋までにしようという意見があった。冬場の寒さを避けるためだ。然し冬場こそ女の子たちは卒業とか進学とかで精神的に不安定になるという声があり、結局十一月から三月までは天気が好い日だけ見回りをすることにした。

二、見回り中は必ず「宗谷の七人」と書いた鉢巻を締め、各自が携帯電話を所持する。

鉢巻を締めるのは目立つ格好をして自分達を守りつつ、風俗関係の男と援助交際を求める男（マル対）を牽制するためだ。携帯は常に仲間同士で連携をするためだ。

尚、自分達を宗谷の七人と呼ぶようにしたのは、見回りを提案した堀込が大阪出身で、彼の口癖が「そうや」だったからだ。そして偶々集まったのが七人だったので、昔流行ったアメリカ映画の『荒野の七人』になぞらえた。但し屋台が本業の東尾だけは鉢巻をしなくてもいいことにした。

三、女の子に声を掛けて話をする時には、彼女らの気分を和らげるために東尾の屋台から食べ物と飲み物を提供する。その代金については、毎月第一月曜日に居酒屋で報告会を開き、その時全員が均等割りで精算する。

四、マル対に話し掛ける時は、できれば防犯カメラの近くに移動する。二人一組で見回るので一人は作業が始まったことを仲間と東尾に連絡する。

こうして宗谷の七人は見回りを続けた。そして三回目の報告会が持たれたある日、みんなで乾杯をした後、丹羽が口を開いた。

「ちょっと困ったことが起きた」

「何だよ。身内に不幸でもあったのか？」

「そうじゃない。今日は生ゴミを出す日だろう」

「そうや。みんな同じだよ。それがどうかしたのか？」

「うちの嫁が店のシャッターを上げたら、店の前がゴミだらけになっていた」

「お前のところはゴミの集積場所から少し離れているよな」

「誰かがゴミ袋を持ってきて中身をぶちまけたんだ。臭いったらありゃしない」

「商売で心当たりはないのか？」

「ない」

「そうなるとマル対の奴らかもしれないな」

「なるほどね。それで分かったよ」

「何が分かったんだ、見上？」

「うちはマンションだが、玄関の郵便受けの前に生ゴミがばら撒かれていたらしい」

「他に被害は？」

と堀込が聞いた。彼は郊外に住んでいるので被害はない。有働が手を挙げた。

「こっちは先週の金曜日の朝だ。うちの周りには飲み屋が多く、ゴミ出しの規則を守らない奴がいる。それで酔っぱらいがいたずらをしたのかと思っていたが、家の前にゴミ袋が散乱していた」

「困ったな」

堀込が首を傾げ、みんなが頷く。

「どうして僕達の住所が割れたんだろう？」

「それは簡単だよ、本藤。俺達が仲間内で呼び合ったり電話を掛けたりするのを聞いていれば名前は分かる。先ずはそこから調べ始めるんだよな、藤原」

「その通りだ。交番に行って、例えばだけれど、この前うちの娘が宗谷の七人の丹羽さんに大変お世話になりました。お礼をしたいのですが住所をご存知ですか、と聞いてみなよ。近頃は個人情報取り扱いがうるさいが、良い話なら油断する」

「その手があったか」

「悪かったな、みんな。これは僕の誤算だ。夜の見回りさえしなければ襲われることはないと考えていた」

「堀さんだけの責任じゃないですよ。僕らだっていずれ奴らが本気になって立ち向かってくることを予測するべきだったんです」

有働が堀込を庇った。

「藤原。警察の地域課に電話を掛け、事情を説明しておいてくれよ」

「分かった。交番勤務の者全員に俺達の素性を明かさないように、と頼んでおく」

「今のところできるのはそのくらいかな」

「そうやな。みんなの家族にまで迷惑は掛けられないから、もっとしっかりとした対処法を考えなければいけない」

「でもこれって奴らが女の子を集めにくくなっているという証拠ですよね」

「それは事実だろうが、奴らにとって公園は勧誘する場所の一つにしか過ぎない。公園を諦め、今までのように駅前や繁華街だけに絞って女の子に声を掛けることはできる」

「じゃあ公園と駅と繁華街の三つを交互に見回りますか？」

「監視作業としてはそれも方法の一つだ。然し不便になる」

「堀さん、どういうことですか？」

「他の場所だとベンチがないから女の子とゆっくりと話ができない。女の子だって繁華街などから公園まで移動するとなれば、警戒して逃げ出してしまうだろう。それに東尾さんとの連携も難しくなる」

「喫茶店を利用するのは構わないけれど、周りに他人がいると矢張り話しにくいよな」

「ちょっと話がずれたから元に戻そう。東尾、お前には鉢巻をさせていないけれど、奴らは俺達の名前や住所について聞きには来ていないのか？」

「そう言えば先週の初めだったかな。中年の男にあの鉢巻の男達は誰なんだって聞かれたよ。物腰が柔らかくて素人みたいなので気にもしなかった」

「お前は何と答えたんだ？」

「七人のうち四人は元警察官で、その中の二人は元マル暴担当らしいですよ、と言っておいた。俺としてはお前達に箔を付けたつもりだった。その男は矢張りそうですか、と言っていたような気がする」

「じゃあお前のハッタリが聞いたのかもしれないな」

「丹羽、どういうことだ？」

「鈍いな、見上は。お前は元サラリーマン、有働は元県職員、俺はしがない洋服屋じゃないか」

「つまり七引く三は四だが、堀さんは家が遠い。元警察官じゃないと言われた三人が狙われたということだ。一応奴らも警察関係者には手を出したくないということだろう」

「他に良い知恵も浮かばないが、差し向きの防衛対策としてこうしてはどうだろう」

　堀込が身を乗り出し、みんなが顔を寄せた。

「さっき藤原さんに頼んだ地域課への連絡に加え、これから僕達が仲間同士で声を掛け合う時は、番号でも何でもいいから暗号を使おう。奴らの業界も幹部を除いては人の出入りが多い筈だ。だから僕達の名前を知られないようにすれば僅かでも被害を防ぐことができる。どうだろう?」
「堀さん。山、川、と呼ぶのも面白いけれど、俺は忘れっぽいから番号でもいいですよ」
藤原の提案に全員が賛成し、苗字のあいうえお順に番号を決めた。
一番、有働
二番、丹羽
三番、東尾
四番、藤原
五番、堀込
六番、本藤
七番、見上
「ところでもう一つ提案があるんだが、聞いてくれないかな」
堀込が提案したのは携帯電話のカメラ機能を使い、マル対の写真を撮り、それをアルバムにし、女の子に見せることだった。みんな二人一組で行動するので写真を撮ることは簡単だ。これは次の日から実行することに決めた。
「有働」
「何だ、七番?」
「えっ!　もう始めるのか?」
「当然だよ。壁に耳あり、障子に目あり、だからな。それで七番としては、一番が携帯電話の機能を充分に使いこなすし、パソコンが得意なので、彼がアルバム作りの責任者になることを提案します」

みんながどっと笑った。

一ヵ月後の午後、いつも通り宗谷の七人は夢椿公園で見回りをしていた。

きょろきょろと周囲を見渡していた丹羽が痺れを切らし、有働へ、藤原へと次々に電話をしている。

「五番を見掛けないか?」

「こっちにはいないぞ」

「二十分前にお前と一緒に歩いているのを見ただけだ」

「分かった」

丹羽は東尾を呼び出した。

「おい、五番はそこにいるのか?」

「いや、こちらには来ていないが、どうかしたのか?」

「トイレに行くと言ったきり、まだ戻っていないんだ」

「トイレは覗いたのか?」

「ああ、行って声を掛けたが返事はなかった」

「もう一度行ってみろよ。俺達の歳だと脳梗塞とか心筋梗塞もあるぞ」

「縁起でもないことを言うなよ」

「でも痩せていれば脳梗塞を起こさないってわけじゃない」

「分かった」

丹羽は急いでトイレに向かった。

その日の夕方、宗谷の六人は警察の事情聴取を受けた。堀込はトイレの大便所の中で胸を刺され、絶命していた。

二日後の夜、堀込の通夜に参列した丹羽たちは、毎月報告会を開く居酒屋に集まった。

「おい、三番（東尾）。四番（藤原）にはここに集まれと言ったんだろう？」

「ああ。でも四番は会場の出口で誰かと携帯で話をした後、慌てて出て行った」

「何かあったのかな。妙なことじゃなければいいが」

「じゃあ俺達で取り敢えず五番（堀込）さんのために献杯しよう」

「献杯！」

「僕達はやりすぎたのかな？」

「結果が出ていたから俺だって止めることなんて考えていなかったよ。俺達は奴らにとっては目の上のたんこぶになった、ってことだ」

「もう潮時かな」

「元々五番さんが言い出したことだし、こういう状況だと止めるべきだろうな」

「そうだな。四ヵ月間やったんだから俺達なりの役割は充分果たしたかもしれない」

「ところで奥さんのことだが、事件の日の夜も俺達には何も言わなかっただろう。一番（有働）はどうだ。何か言われたのか？」

「いや、僕も何も言われていない。部長との付き合いが長いので奥さんとは何度も電話で話をしたことがあるし、二回自宅へ伺ったこともある」

「それでも何も言われなかったのか？」

「ああ」

「何故だろう。奥さんなら、何故こんなことを始めたのですか、とか、あなたが止めてくだされば良かったのに、と嫌味の一つも言いたくなる筈だ」

「ちょっとおかしいよな」

そこへ藤原が入ってきた。暗くうつろな表情をしている。

「どこへ行っていたんだよ。まあ一杯飲め。辛いのはみんな同じだ」

東尾は黙って座ると、注がれたビールを一息で飲み干した。

「一番は五番さんの子供さんのことは聞いていたのか？」

「あそこは四人いて、一番下が高校生の女の子だったと思う。もう卒業したかもしれないが」

「矢張り知らなかったんだな？」

「何のことだ、四番？」

「その女の子は家出をしたまま、ビルの屋上で亡くなっていたらしい」

「ええっ！」

五人全員が絶句した。

「どういうことだ？」

「俺が焼香を済ませた後、近くにいた女が、ご不幸が続くなんてお可哀相にね、と話しているのを小耳に挟んだ。それが娘さんのことで、変死だったらしい。元々今回の見回りは彼が言い出したことじゃないか。それが気になったから生安（生活安全課）の元部下に電話を掛け、詳しいことをさっきまで聞いていたんだ。娘さんは去年の暮れに薬を打たれた後、ビルの屋上に放置されたようだ」

「冬場に屋上へ放置か！」

「…」

重苦しい空気が全員を包んでいる。

「それで奥さんは一番にも俺達にも何も言わなかったのかもしれない」

「やりきれないな」

「おい四番」

「何だ？」

「俺達はお前が来るまで、この見回りはもう止めようと話していたんだ。お前はどう思う？」

「このまま手を引けば、又女の子が毒牙に掛かる。これまでの四ヵ月で成果は出ているが、止めるとすれば、何だかすっきりはしないな」

「娘さんのことを考えると、五番さんに、安らかに眠ってください、とは言えないぞ」

「そうだよ。遺影には俺もそう言ったが、もし見回りを止めるなら何となくあの公園に足を運びたくはない」

見上に同調した有働が付け加えた。

「公園に行きたくない気持ちは僕にも分かる。でも公園に行かないこと自体、僕達は五番さんの悔しさをずっと引きずることになると思わないか？」

「公園だけじゃないだろう。俺達がこの繁華街や駅前を歩く限り、それらしい女の子やマル対は目に付く」

「確かにそうだ。見て見ぬ振りばかりしていたら、自分が卑屈になるような気がする」

それまで何も言わなかった本藤が口を開いた。

「然し俺達は刃物を持った若い奴らに抵抗はできない。これも現実だぞ」

「うーん」

みんなが黙り込み、湿っぽい雰囲気が充満している。

暫くして藤原が顔を上げた。

「さっきみんなが言ったように、このまま止めてしまうと俺も寝付きが悪いし公園には行きたくなくなる。それでどうだろう。トイレに行く時もたこ焼きを取りに行く時も、絶対に一人で行動しないようにすればいいんじゃないか？」

「女の子を一人で残せば逃げてしまうぞ」

「ベンチは沢山あるからその子と一緒に動いてもいいし、仲間に連絡して食べ物を持ってきてもらうこともできる。それともう一つ、全員が大きな音が出る防犯用のベルを持ち運べば、何とかなると思わないか？」

「生ゴミ攻撃はどうする？」

「それは各自で泣いてもらうしかない。但し家族全員が防犯ベルを携帯することも必要だ」

「えらく大掛かりなことになるが、やる以上はできるだけの体制を整えるべきだよな」

「となると今度は女房殿を本気で説得しないといけないぞ」

「それが大問題だ」

「じゃあもう二、三人仲間を集めて再開するか？」

「ちょっと時間をくれ」

有働が口を挟んだ。

「何だ。奥さんが恐ろしいのか？」

「ああ、あんな怖い生き物はいない」

みんながどっと笑う。

「何を待つんだ？」

「今回の事件はテレビや新聞で報道されたじゃないか。だからそれを利用したいんだ。つまり僕達がもう少し仲間を増やし、活動を再開させることを大々的に報道させるんだよ」

「そんなことができるのか？」

「昔取った杵柄《きねづか》だ。県庁と県警の記者クラブに話を持って行ってみる。僕が作っているアルバムも持っていく。再開はそれからにしよう」

「よし。それで決まりだな」

全員が頷いた。

「じゃあ一週間後にもう一度ここに集まろう。一番（有働）、それでいいか？」

「ああ、何とかする」

見上が、

「これで少しは寝付きが良くなるような気がするよ」

とつぶやいた。

「同感だ」

全員が同調した。

その後一時間程して宗谷の六人は解散した。

三週間後のことだ。県警本部長が記者会見を開き、その日の夕方のテレビと翌日の新聞は、宗谷の七人が見回りを再開することを報道した。県警の組織犯罪対策課と生活安全課や自治会などが彼らを支援することも触れられている。

なお、宗谷の七人については「力強い元青年たち」として紹介され、仲間の人数が増えていても、鉢巻に書かれている文字は変わらないとのことだ。

第四話　完

注　切花は花瓶に飾られて人の目を和《なご》ませるけれど、種を残すことはない。

第五話　文字

登場人物
　菅原一誠
　小野美加

「あのう、菅原さんでしょうか？」

「はい。小野さんですか？」

「はい」

「やっと会えました、と言うか、会いましたね」

「この場合、初めまして、と、こんにちは、のどちらを言うべきなんでしょうか？」

「さあ、僕にも分かりません」

「どちらにしても、どこか変ですよね」

「じゃあ挨拶は抜きにして、レストランへ行きましょう」

「はい」

　二人は横浜駅の雑踏の中を歩き始めた。

「もう風邪は大丈夫なんですか？」

「お陰さまで一週間前から元の生活に戻りました。初期症状が出た時に薬を飲んで休めば良かったのですが、少し忙しかったのを言い訳にしたのがいけませんでした」

「普通なら風邪は命に係わりませんから、つい油断をしてしまいます。三日寝ていれば医者も薬も要らないと言う人もいますが、そんなにゆっくりしていられる人はいません」

「この歳で三十八度を超える熱が出たので、最初はどうなるかと思いました。それで万一のことを考え、電子メールを送ったんです」

「僕もひとまず延期しようかと思ったんです。でもまだ時間があるので、充分に回復されれば会いましょう、と返信しました」

「私も女ですから体調を万全にしてから会いたいという気持ちがありました」

「元気そうで何よりです」

「菅原さんはブログに写真を載せておられないでしょう」

「ええ。僕は写真写りが悪いから嫌なんです」

「そうなんですか。でも想像していた通りでした。高島屋デパートまで来た時、直ぐ分かりました」

「僕は周りをきょろきょろ見ないようにしていたんです。でも声を掛けられ、目を合わせた瞬間、小野さんだなと思いました」

「不思議ですよね」

「そうですね」

　二人は前を向いて歩いているから、お互いの顔を見てはいない。でも同じことを考えていた。

菅原一誠は六十三歳。五十六歳で定年退職し、特別支給の退職共済年金をもらいながら、売れない本を書いたり、評論を自分のブログに掲載したりしている。

小野美加は四十八歳。〇〇大学で政治学を専攻し、博士号を取得した。現在は大学に残り、政治経済学部の教授になっている。

二人の関係は二十五年前に遡る。

菅原は防衛大学校を卒業し陸上自衛官になった。十年程の現場勤務を経て、三等陸佐に昇進すると共に陸上幕僚監部調査部調査第二課に配属された（現在の防衛省情報本部の前身）。その後二年間防衛研究所に出向し、再度調査第二課に戻った。その頃大学院の前期課程にいた小野は一年間防衛庁で研修することになり、彼女が配属された防衛部運用課にいたのが防大で彼の後輩だった国仲だ。論文を準備しつつの仕事なので、彼女は誰か相談できる人を探していた。そこで国仲が菅原に白羽の矢を立てた。堅苦しい制服組の中で、菅原は異色な存在、つまりのんきで自由な考え方をしていたし、個人的にも各国の防衛体制に興味を持っていた。然し国仲は二人を会わせてはいない。偶々その時菅原は二ヵ月近く海外に出張していた。従って電子メールでの紹介になった。

菅原は、自分には豊富な知識も経験もないので、安請け合いはしたくないし、力量もないと最初は要請を断った。小野は国仲の信頼が厚い菅原に食い下がり、自分の研究目的、概要、調査項目などを書き送った。それに対しては数行の返事が来ただけだったが、小野が項目ごとに論点を書き連ね、意見を求め始めると、菅原は丁寧に答えていた。

その後小野は大学に戻り、イギリスのロンドンや韓国のソウルでも学んだ。一方、菅原は北部方面隊や西部方面隊などへの転勤を挟みつつも、最終的には情報本部統合情報部で任官を終えた。その間、二人は顔を合わせることがないまま、ずっとメールを交換していた。小野が博士論文を書き終えてからは、メールの遣り取りはそれ程頻繁ではなくなったけれど、二人は波長が合ったらしい。安全保障に関する世界情勢の変化や、お互いの友人知人が書いた評論などについて意見を交換していた。

二人は菅原が予約していたレストランに入った。

「もう二十五年になるんですね」

「長いですね。考えてみると、メールだけの遣り取りが返って幸いでした。お互いに歳を取りましたねとは言えないですから」

「歳を取ったという意味では、若い頃から失敗を蓄積させていますが、私もやっと成長し、菅原さんと対等に話ができるようになっているかもしれません」

「あなたは僕をもう超えているじゃないですか。教授になってから十年にもなるのだし」

「肩書きに意味がないことは菅原さんもご存じじゃないですか。要は今何をしているかです。菅原さんが『東アジア三十年の歪み』という本を出版された時、私は大学院の後期課程に入ったばかりでした。あの本は衝撃的でした。ソビエト連邦が崩壊し、いわゆる冷戦が終わったと日本人は喜んでいました。でもその後は混沌としたまま現在に至っています。あの時代にもう一度安心と安全とは何かを振り返ろうという意図で書かれたんですよね」

「はい。反安保で揺れた一九六〇年代から八十年代に掛けて、安心と安全とを真剣に考えていた人達がいました。似非《えせ》保守派と左翼系言論人が前面に出るばかりの世の中で、彼らは日が当たらない存在でした。九十年代を乗り切るためには、彼らの業績にもう一度光を当て、国防の最前線にいる人達に刺激を与えられれば、と思って書いたつもりです」

「私が政治学の研究を続けられたのは、あの本を書かれた菅原さんに追いつこうとしていたからです」

「うーん。そうまで言われると困るな」

「どうしてですか？　今までもそうでしたが、菅原さんは謙遜しすぎですよ」

「だってあなたの言い方だと、僕はまるで聖人君子じゃないですか。今までどおり麻雀をしたり、競馬に行ったりすることができなくなりそうだ」

「それは前から知っています。私の誕生日を使って馬券を買われたりもしましたよね」

「苦しい時の神頼みでした。あの数字で勝ったかどうかはもう覚えていませんが」

「菅原さんのその精神的な余裕が羨ましかったです。私は海外に何度も出掛けていますが、どうしても視野が狭いんです。だから菅原さんには勝てないと思い、目標にしてきました」

「小野さん、ちょっとビールを飲ませてください。素面《しらふ》であなたの話を聞いていると、僕は自分ではない人間になりそうです」

「そこなんです。私には菅原さんのような柔軟な発想ができないんです」

菅原は手を挙げ、ビールを一本とグラスを二つ注文した。


「じゃあ改めて二人の出会いに乾杯しましょう」

「はい。乾杯」

「乾杯」

二人はにこにこしながら、運ばれてきたパエリヤに手を付け始めた。

「でも本当に不思議ですよね」

「二十五年目の出会いですか」

「はい。もう何百回もメールを遣り取りしてきました。菅原さんの考え方や方向は理解しているつもりです。言葉の使い方も分かっているつもりです。だから菅原さんの印象を自分勝手に作り上げていました」

「本物とはだいぶ違いましたか？」

「いいえ、すとんと落ちた感じです。デパートへ行く前は、これでもドキドキしていたんです」

「僕もです。だって今日まであなたの声を聞いたことがないし、どんな顔付きなのかも知らなかったんですからね」

「これからはメールに声と顔を重ねることができます」

「厳密に言えば、出会いとは顔を合わせることです。然し僕達が本を読むのは、今会えない人と話をするようなものではないでしょうか。だから万葉集を読んでも、それなりに作者と言葉を交わすことができます」

「なるほど。そう考えれば、私達の関係も特殊なものではないんですね」

「ただ昔書かれた本などの著者には冗談を言ったり、ここがおかしいと言ったりすることはできません」

「本当にお世話になりました。ありがとうございました」

「えっ！　何ですか、それは？」

「だって菅原さんの冗談や駄洒落で何度も気が楽になりましたし、厳しい指摘で目を開かせられたからです」

「それはお互いさまです。僕だってあなたがいつも真摯に課題と取り組んでおられたので、いい加減なことは書けないと自分に言い聞かせていました。この世の中、気軽に話をできる人は何人かいますが、書く言葉は生きているし、残ります。だから責任を持って書こうとすると、意識を変えざるを得ませんでした。僕もあなたから沢山刺激をもらいました。感謝しています」

菅原が頭を下げ、小野も同じく頭を下げた。

その後二人は今取り掛かっていることなどを話題にし、食事を済ませた。そしてコーヒーが運ばれてきてからのことだ。小野が声を落として言った。

「この話をするつもりはなかったのですが、菅原さんに聞いていただきたいことがあります」

小野の表情が変わっている。これまでメールの遣り取りで、菅原も彼女の感情的な揺れを読み取ったことはある。然し面と向かっての話は今夜が初めてだし、共通の話題から離れるのも初めてのことだ。

「聞くだけしかできませんが、僕で良ければ話してください。然も今日は一般的な初対面ではありませんからね」

菅原は口をきゅっと結んだ。小野は彼の誠実さを感じ、すべて話すことにした。

小野が話したのは、大学で近々実施される学部長選挙のことだった。半年前、彼女はお世話になっている大畑教授から立候補への打診をされた。その時彼女は、自分はまだ学部長の器ではないと断っている。然し教授には、彼女の実績と人気、それに加え、各方面に人脈があることが学部内で大きく評価されていると言われた。小野が所属する政治学科には十三人の教授がいて、その他に準教授や講師などが七人いる。経済学科には十七人の教授と準教授などが八人揃っている。この政経学部では伝統的に経済学科から学部長が出ることが多い。

今回は経済学科で不祥事があったこともあり、政治学科が前に出る可能性が出ている。小野よりも年長の教授が八人もいるにも拘わらず、彼女の名前が取り沙汰されるようになったのは、五つの理由があった。

一つは理事長と学長が最近交代し、大学運営の体制が若返っていて、新体制とか新機軸という言葉が学内でしばしば聞かれるようになっている。それに加え、少子化により各大学による学生獲得競争が激しくなっている。

二つ目は、ここ二十年来のことだが、学部長の、ともすれば恣意的になる助手から講師へ、続いて准教授から教授に昇進する人事が、本来の研究を妨げているという指摘が全国的に広がり始めている。そして学部長は副学長になろうとする一部の教授にとって腰掛けにしか過ぎないという批判が強まっている。つまり、学部長の権威が薄れ、単なる中間管理職として位置付けられている。

三つ目は各教授の実績と人気で、小野は学部内で一、二を争う程有名になり、受講希望者数が年々増えている。

四つ目は、男女は平等だという世論を受けてのことだ。政経学部ではこれまで女が学部長になったことはない。

最後は、学部内の両学科にいる十五人の教授が六年以内に定年を迎えることだ。学部長の任期は二年で、長くても二期四年しか職に留まることはできない。従って古株教授の一人を名誉職として学部長にしても、学部自体が恩恵を受けることは少ない。彼らに身内で無意味ないざこざを起こさせれば、五つの副学長枠の一つを失いかねないし、理事長や学長の意向に反するだけになる。それよりも四十八歳の小野を就任させ、四年後に、或いは六年後に彼女を副学長にさせることができれば、彼女は学部全体に影響力を保持しながら、理事長と学長と連携し、新たな大学運営に加わることも可能になる。学部長職はその第一歩となるものだ。

そして大畑教授は小野に、

「君が若いからこそ、僕は自信を持って推薦している。学部長になれば忙しくなるけれども、その若さと信念があれば、君の研究は続けられる。僕は四年後、十年後の大学を展望している。現在のＩＴ（情報通信）技術は日進月歩だ。掃いて捨てる程いるとまでは言わないが、僕のような古株が対応することは難しい。然し対応しなければ学部が停滞する。今僕がいるうちに夢を現実にして欲しい」

と言っていた。一ヵ月前にも彼は経済学科の七票を獲得する目途が立ったと小野に伝えている。


「あなたはもう立候補を決めているのですか？」

「菅原さんの前ですから正直に言います。私は迷っています。私に何ができるかを考えようとしたことはあります。でも決意表明文まではまだ書いていません」

「僕はもう気楽な年金生活に入っています。参考になるかどうかは分かりませんが、三つだけ頭に浮かびました」

「お願いします」

「人には得手不得手があります。役どころというのもあります。僕は人の上に立つのが駄目なんです」

菅原が微笑みながら続けた。

「だから自分なりに親分とか兄貴分を見つけて、付き合いをさせてもらっています」

「そうなんですか」

「こればかりはメールの遣り取りで表には出ませんよね」

「確かにそうです」

「研究をする人にとっては自分を導いてくれる人がいると助かります。これは教授や講師にも必要な資質です。人の上に立つにはそれ以上のものが要求されますが、僕はそんなことを考えたことはありません。これが役割の違いだと思います」

「私も同僚と一緒に学部長に対する不満を口にしたことがあります。二度や三度ではありません」

「二つ目は今の状況のことです。立候補を打診されたというのは、あなたが信頼されている証拠です。これは素直に喜ぶべきことでしょう。気になるのは、言い方が悪いかもしれませんが、周りの人に担がれて出ることです」

「学内の新体制という流れに乗るだけではないということですね」

「はい。人を疑いたくはありませんが、担がれてから梯子を外されるということも世の中には往々にしてあります」

「分かります。人の上に立とうとすることより、人の前に立って責任を取るという心構えの方が大切だと思います」

「最後の一つは、あなたが独りぼっちになることを恐れているのかどうかということです」

「独りぼっちとは?」

「仏教のお坊さんに由来する言葉ですが、僕がここで言っているのは単に孤独だという意味です」

「孤独になることを恐れているのかという意味ですね」

「と言うか、群れの中にいて、不自由を感じたら元も子もないような気がします」

「ありがとうございます。菅原さんの言葉をゆっくり噛み締めさせていただきます」

「そんなに真剣に受け取らないでください。これはみんな僕が制服を着ていた時に常々感じていたことなんです」

その夜、二人は、

「又会いましょう」

「又お願いします」

と言って別れた。

二人の再会まで更に二十五年の月日が必要だとすれば、次に会う時、菅原は八十八歳に、小野は六十三歳になる。但し、メールでの遣り取りは今まで通り明日もできる。四年後も、十年後も。二人の情熱が枯れることはない筈だ。

第五話　完

第六話　邂逅

登場人物
内川龍三
内川柾子
野上弘忠
野上美子

一月半ばのある日、横浜は快晴だった。然し強い北風が吹いているので、相変わらず寒さは厳しい。夫の内川龍三を送り出した妻の柾子は、朝食の片付けを始めたが、動きが鈍い。今朝から持病のヘルニアが痛み出している。

柾子は何とか洗い物を済ませた。エアコンを切った後、和室に入り、炬燵の電源を入れた。洗濯機を回したら、暫く横になろうと思っている。腰が痛む時に無理をしたくない。痛みがひどくなれば薬を飲むことになるが、胃が弱いのでできるだけ薬に頼りたくはない。エアコンを付けるより、炬燵で寝ている方が暖かいし、体が楽だ。

立春はまだだけれど、もう肩が凝るような寒い冬は充分だと思いつつ、彼女は洗面所に入った。洗濯ネットに下着を入れようとして屈《かが》んだら、又腰にぴりっと痛みが走った。早く横になろうと思い、残りの肌着やバスタオルなどを構わず洗濯機に投げ込み、スイッチを入れた。三十二分後には洗濯が終わる。昨夜は今日が快晴だったら寝室の掛け布団や毛布を干すつもりでいた。もうそんな気力はない。龍三には申し訳ないと思ったけれど、今は休みたい。

彼女はやや猫背になりながら和室に入り、横になった。炬燵は僅かだが温まっている。


二時間後、柾子は洗濯物を干し終わり、再び和室に戻ってきた。今度は座椅子を出してきた。少し腰が楽になったので、座椅子の背を倒し、テレビを見ることにした。ドラマの再放送を見るつもりはない。明日は夫の仕事が休みなので、夕食の献立になるものを探そうと思っている。

夫は定年まで役所に勤め、今は嘱託として週に四日働いている。まだ仕事を続ける意欲は満々だけれど、週中に休みがあることを喜んでいる。今夜は晩酌をしたいだろうから、何か美味しいものを買ってきたい。午後になれば風も収まるかもしれないし、少しは暖かくなるだろう。買い物には二時頃出ればいい。肉料理にするか、魚料理にするかはテレビを見ながら決めるつもりだ。


昼になった。いつもなら柾子はうどんや食パンなどを軽く食べる。今日は食欲がない。手を掛けるのが面倒なので、お湯を注ぐだけのトマトスープとクラッカーで誤魔化すことにした。これだともう寒くなっている台所ではなく、炬燵で食べることができる。そう思って立ち上がった途端、電話が鳴った。一瞬、夫からかと思ったけれど、仕事中の彼は昼休みでもめったに電話を掛けてこない。

「もしもし?」

「そちらは内川さんのお宅でしょうか？」

「はい」

「内川龍三さんはご主人さまでしょうか」

「はい、主人ですが、今日は仕事に出ています。どちらさまですか？」

「こちらは○○大学病院救急救命センター事務室でして、先程ご主人さまが搬送されました」

「ええっ！」

「ご主人さまの意識はあるようです。至急こちらへ来てもらえますでしょうか？」

「どういうことですか？」

「詳しい病状については担当医からお聞きください。今当方で言えるのは、ご主人様がお食事中に倒れられ、脳溢血が疑われているということだけです」

「脳溢血ですか！」

「はい。そのようです」

「住所を教えてください」

「○○区○○町○○番地○○の○○です」

「何か持って行くものはありますか？」

「さし向き必要なものはパジャマや肌着と湯飲みや歯ブラシなどですが、ご印鑑もお持ちください」

「分かりました」

受話器を置いた柾子は、メモ書きを持ち、居間にあるパソコンの前に座った。急いでいたので途中でソファーやテーブルの角に膝をぶつけたけれど、痛みは感じなかった。自分では冷静に対応したと思っていたのに、病院の電話番号を聞いていないいし、最寄りの駅名も聞いていない。病院の名前と住所だけではどの駅で降りればいいのか見当が付かない。買い物をする時は主に川崎や二子多摩川の方へ行くからだ。

一時間半後、柾子は救急救命センターに到着した。受付で名を名乗ると、そのまま待つように言われた。「フー」とため息を吐き、椅子に座ると、又腰がちくりと痛む。長椅子が三列ある待合室には夫婦連れと、作業服を着た人達が椅子に座っている。みんな重苦しい表情をしている。場所が場所なのでざわめきもない。

暫くすると青い白衣を着た担当医が出てきて、「内川さん?」と呼んだ。小柄で中年の医者だ。柾子が、「内川の妻です」と返事をすると、「こちらへどうぞ」と言う。彼と目が合ったけれど、彼には表情がない。彼女は彼の後について部屋に入った。

柾子は大きな部屋の隅まで行き、作業台のような机の前に無造作に置かれた椅子に座った。そこだけは衝立で仕切られている。壁にはパネルがあり、レントゲン写真のようなものが写っている。どうやらパソコンの画面のようだ。医者は、

「救急救命の青山です」

と名乗った。

「先生、夫は大丈夫なんでしょうか?」

「脳溢血ですが、既に意識は取り戻しています。病院へ搬送されるまでの時間が短かったのが幸いしました。但しまだ安心できる状況ではありません」

青山によると、頭のＭＲＩ（磁気共鳴画像）の結果が思わしくないらしい。

柾子にとって脳溢血とは聞いたことがあるという程度のものだ。良くない病気だとは思っているが、詳しいことは何も知らない。

「安心できない状態だとはどういう意味なんでしょうか？」

「奥さん。ご主人は最悪の状態ではありません。ですが、正確に判断するにはもう少し時間が必要なんです」

青山は脳溢血について説明を始めた。話を聞きながら、柾子は自分の膝が震え始めるのが分かった。両手で両膝を押さえた。

次に青山はリハビリのことに触れた。失語症や体の麻痺の可能性が高いと言う。その間、柾子の頭の中は混乱するばかりだ。彼女にとって龍三は、まだ今朝玄関を元気に出ていく姿のままだった。彼女はいくつかの書類に夫の名前と自分の名前を書き、印鑑を押した。

柾子が少し冷静さを取り戻したので、青山は彼女を集中治療室に連れて行った。彼女は目を閉じたままの夫の顔を見たが、近づいて彼の手に触れることはできなかった。

その後青山に促された柾子はさっきの部屋の隅に戻り、集中治療室を担当する看護師から入院についての説明を受けた。夫が着ていた服などを引き取り、パジャマや下着などを渡し、我が身の置き所のなさを感じたまま病院を後にした。

駅へ向かいながら、柾子は自分を責めていた。今回の脳溢血では高血圧や血中コレステロールの高さなどが発症の引き金になったらしい。役所に勤めていた夫は毎年健康診断を受けていた。結果はいつも自宅に送られてきていた。彼はそれを読み、いくつかの数値が高いと言っていたけれど、精密検査は必要ないと言っていた。然も彼が特に体の不調を訴えることはなかった。それで自分は安心していた。

今となっては後の祭りだけれど、妻としては検査結果に丁寧に目を通し、気を配るべきだった。実際、彼は退職する一年前から降圧剤の処方を受け始めていた。自分の体なんだから、注意をしてね、とは言ったけれど、それ以上干渉しなかったことが間違っていた。だから彼が朝食と夕食後にきちんと薬を飲んでいるかどうかも確認していなかった。これはさっき病院でも聞かれたことだ。

一ヵ月が過ぎた。

龍三は既に集中治療室を出て、一般病棟に移っている。然し体の左側に麻痺がある。柾子はほぼ毎日面会に行っていた。この病院では面会時間が午前十時からなので、彼女は洗濯や掃除などを済ませた後、家を出ていた。

当初の柾子は夫の姿を見るたびに、気が塞いでいた。奇跡でも偶然でも何でもいいから夫が元に戻って欲しいと願っているのに、その期待はいつも裏切られていた。失語症はないようだと言われていたのに、夫が話をすると意味が分からないことがあった。夫がスマートフォンで送ってくれるメールも辛《かろ》うじて意味は分かるけれど、不要な文字が並ぶことが多かった。彼が話す時に言葉が聞き取りにくいのは、顔の左側が自由にならないし、左の口元が動かないからでもあるらしい。いずれにしても夫の前でがっかりした表情を見せないように努力するのも辛かった。

柾子の気が楽になったのは、夫が一般病棟からリハビリ病棟へ移った翌日のことだった。

彼女は夫が倒れた日の夕方、京都にある彼の実家に電話をしていた。彼の命に別状はなかったけれど、妻として義母に連絡した。夫の状況が親戚筋にも伝わったらしく、彼の甥、野上弘忠の妻、美子から柾子に電話が掛かってきたのがその日のことだ。

柾子は美子と何度が会ったことがある。いずれの場合も葬儀や法事の席だった。彼女とは差し障りのない話をするだけで、顔を見れば分かるという程度の付き合いだ。

然し柾子は美子が話したことに驚いた。

弘忠も脳溢血になっていた。彼が倒れたのは半年も前のことだった。彼は勤めていた会社での地位が高く、その影響が余りにも大きかったので、病状を口外していなかった。それで彼は夫にも知らせていなかったらしい。

話を聞き始めた時、柾子は、夫の病気も血筋なのかもしれないと惨めな思いに囚われていた。然し美子は既にいろいろな状況を克服しているようで、電話口の声は柾子が驚く程快活だ。暫く彼女から龍三の病状を聞いた後、美子は、

「柾子さんは今がっかりしているでしょう。私にもその気持ちは分かるわ。だって龍三さんはやっと定年になったばかりでしょう。嘱託の仕事をしているとは言え、これからゆっくりできる筈だったのだから悔しいわよね。でも大丈夫なのよ」

と言った。

柾子は彼女の言葉を俄かには信じられなかった。然もこれまで疎遠だったとしか言えない相手だ。その後三十分近く、電話口の柾子は一つひとつ頷いていた。

そんなことがあり、次の日、柾子はいつになく軽い気持ちで病院へ向かった。彼女は美子から聞いたことの全部を夫に告げ始めた。

龍三の表情が変わった。驚いた後、

「同じ病気か」

と少し顔を曇らせた。これまでの彼は言葉が自由にならないことや、体が不自由なことに苛立つことが多かった。言葉は元に戻り掛けているので、日々穏やかな顔を見せるようにはなっている。話を続け、弘忠さんは既に自分で車椅子に乗ることができるようになっていると言ったら、夫の目が明るく光った。

その日、柾子は弘忠のスマートフォンの番号を告げて病室を出た。やっと肩の荷が下りたような気分だった。電話一つで自分と夫の生活が少し元に戻ったような気がしていた。

一方、龍三は妻が去った後、早速看護師を呼び、車椅子に乗せてもらった。そしてデイルームへ行き、弘忠に電話を掛けた。

龍三の病室には他に三人の患者がいるけれど、みんなで和気あいあいと話をすることはない。所詮は他人だという意識があるからか、挨拶を交わすくらいだけで、お互いに遠慮している。だから龍三は弘忠に現在の状況や自分が不自由に思っていることなどを素直に話した。そして彼の体験談に耳を傾けた。偶然だったが、彼も左半身に麻痺がある。従って寝ている時の体の痛みなど、すべての悩みを自分と共有できる。新聞は言うまでもなく、本を読むことさえ辛いので、彼は歯がゆいとも言っていた。それも手に取るように分かる。

弘忠が話してくれたリハビリ訓練にはまだ自分が取り組んでいないことも含まれていた。四足の杖を使いながらも、立ち上がって体重を左へ移動させ、左足に負荷を掛けるようにして歩く練習をしたと言う。今の自分は車椅子への移動さえきついと思っているが、彼は杖を使えば少し歩くことができる。つまり自分だって時間を掛ければいずれ同じことができる。確かに病院の先生や理学療法士などからいろいろな説明は受けているけれど、自分の身内から聞く実体験は新鮮で価値がある。

その日以来、弘忠はリハビリの先輩となった。自分より一つ年下にも拘わらずだ。どんなリハビリをし、どのくらいの時間を掛ければ、どこまで回復するのかが自分の目標になった。彼とは五ヵ月以上の差があるけれど、できるだけ早く彼に追い付きたい。

それまでの龍三は、リハビリとは努力だ、努力しかないと自分に言い聞かせていた。然し今は努力に加え、忍耐と余裕を持つことも頭に入れている。どんなにリハビリに真剣に取り組んでも、成果は日々目に見えはしない。大きな目標に向かう時に大切なことは、今日できることを明日も続ける、明日やることを明後日も実行する、但し力んでは駄目、精神的に緊張し過ぎるのは逆効果、それだけだよ、と弘忠に言われていた。

状況は柾子の場合も同じだった。彼女は親戚付き合いがこんなに頼りになるとは想像したことがなかった。自分の実家や親類ならまだしも、夫の実家などとの関わりは面倒だと思うことが多かった。冠婚葬祭があれば、又留め袖や喪服を着るのかと思うだけだった。

然し今の彼女は改めて絆の広がりを意識し、美子がわざわざ電話を掛けてくれたことに感謝している。以来、柾子も美子に頻繁に電話を掛けるようになった。つい先日までは、独りで家にいることを寂しいと思うだけでなく、これからの生活がどうなるのかと考え、気が滅入ることも多かった。夫の不幸を嘆きつつも、夫婦としての繋がりを悔やんだこともあった。一本の電話が自分と夫の意識を変えてくれた。

更に四ヵ月が過ぎた。

龍三は一所懸命にリハビリを続けている。この病棟では週末にも、つまり土曜も日曜もセラピストが付いて訓練をすることができる。だから只ベッドにいるより、訓練の時間を待ち望む程になっている。彼が悔しいと思うのは、図形の認識作業などは自分でもできるけれど、体を動かす訓練が一人ではできないことだ。

左の指先や腕や肩や足など硬くなっている筋肉を解《ほぐ》すことや、細くなった左側の筋肉を自分で鍛えることはまだできない。

ある日のこと、柾子が病室に入ると、

「弘忠さんはこの前同窓会に出席したんだって」

と龍三がにこにこしながら言った。

「その話は一ヵ月前にも聞いたわよ」

「そうだったかな。矢張りまだ記憶が途切れているのかな」

「そんなことは気にしなくてもいいわよ。私だって最近は二階に上がってきて、あら、何をしに来たのかしら、と思ったりするもの。でも同窓会がどうかしたの？」

「いやね、彼が羨ましくなったからだよ」

「そうよね。いずれあなたも出掛けられるようになるわよ。外に出ることができて嬉しかったと思うけれど、弘忠さんも最初は迷ったんじゃないの？」

「どうして？」

「だってあれだけの地位にあり、ばりばり仕事をしていたんでしょう。だからみんなに会うのが恥ずかしいと思った筈」

「確かにね。僕の場合もそうだったけれど、親しい友達が何人もお見舞いに来てくれたじゃないか。こうなったことはもう隠せないし、隠していても意味はない。だからお見舞いに来てくれた同級生が出てこいと誘ったんじゃないかな」

「弘忠さんは京都出身で、家も京都にあるのよね」

「そう」

「あなただって京都から五人もわざわざお見舞いに来てくださったのだから、弘忠さんはお礼の意味で出席されたのかもしれないわね」

「僕だって友達が早く飲みに行こうと誘ってくれているんだ」

「でも無理はしないでね。時間を掛ければ必ず出掛けられるようになるんだから」

「分かっているよ。あっ、もうそろそろ時間だ」

「じゃあ私は売店で買い物をしてから地下に直接行くわ」

「じゃあ下で会おう」

地下にはリハビリ室がある。


階段を下りながら、柾子は夫の笑顔を思い浮かべていた。彼は本当に外に出たがっている。できれば夫の願いを叶えたいと思う。然し担当医にも言われたように、リハビリには時間が掛かる。その一つの例が体重だ。夫は入院前よりも七キロも体重を減らしている。初期には安静が大切だったので、体中の筋肉が痩せた。今は体を動かしているので右側だけは元に戻りつつある。それでも右腕や右脚は自分よりもまだ細い。左腕や左脚は見るのが辛い程痩せたままだ。だからもっと体力を付け、杖で歩くことがもう少し楽にできなければ、外出は無理だ。

柾子は久し振りに気分を落ち込ませた。自分の無力さを感じている。今自分ができることと言えば、夫のリハビリ訓練に付き合うことだけだ。ただ側にいて訓練を眺めているだけだが、それは夫が誰かに見られているとやる気が出ると言っているからだ。但しパートの仕事を再開したので、面会に行くのは週に二度しかできない。

それにつけても悔やまれるのは、降圧剤をきちんと飲ませなかったことと、食事内容を工夫しなかったことだ。大好きな天婦羅や焼き肉だって回数と量を減らすことは可能だった。仕事疲れの彼を喜ばせるためとは言え、結婚生活が長くなると、何かが起こらなければ、食べ物を制限することは難しい。


梅雨が明け、本格的な夏になった頃、龍三はある目標を立てた。それは車椅子で自由に移動できるようになったら、弘忠に会うということだ。その切っ掛けは彼が同窓会に出席したことだ。自分としては短歌の会への出席や友達と飲みに出掛けることも頭にある。柾子にも世話を掛けているし、不自由をさせていると思っている。だから二人で出掛けて食事をしたり、映画を観たりもしたい。でもそれは時期が来たら夫婦として当然することだ。そこで何か特別なことをしたいと考えた。頭に浮かんだのが弘忠のことだ。行動にいろいろな制限があるとしても、ある程度自由の身になったら、それこそ意義があることだと思い始めた。弘忠はリハビリの先輩で、いろいろと元気付けてもくれた。然も自分と同じ境遇にある。

今の世の中、車椅子を利用する人達は何をするにしても不便を感じているだろう。然し駅にはエレベーターが設置され、バスでも車椅子を受け入れる態勢が整えられている。電車に乗る時改札で駅員に下車駅を告げれば、乗る時も降りる時も、係員がホームで待機してくれる。これは既に外出している弘忠から聞いたことだ。一般的には、戸建てやマンションでもバリアフリーが叫ばれ、敷居や段差のない建て方がされるようにもなっている。

まだ早すぎると思いつつも、我慢しきれなくなった龍三は、ある日、弘忠に電話を掛けた。適当な時期が来たら一緒に食事をしようと提案した。彼は良い考えですね、と二つ返事で賛同してくれた。それで二人は龍三が住む横浜と彼が住む京都のほぼ中間に位置する浜松で会うことにした。但し、時期をいつにするかはまだ決められない。すべては自分のリハビリの進捗状況による。

一旦約束をしたら、龍三の気持ちは軽くなった。彼はそのことを柾子にも告げた。彼女は即座に賛成した。

「じゃあ、美子さんと四人で行くのね?」

「いや、充分綿密な計画を立てるから、弘忠さんと二人だけで行きたいんだ」

「私達がお手伝いをしなくてもいいってこと?」

「うん。できるだけ二人でやってみたい」

「弘忠さんもそれでいいの?」

「僕達でどこまでできるか挑戦したいんだ」

夫の目が輝いているので、柾子はそれ以上旅行計画について追求するのを止めた。今は二人共右手しか使うことができない。トイレにも不自由している。この計画がいつになるとしても、実際に出発するとなれば心配の種は尽きないだろう。それでもその旅行があながち無謀ではないような気がしてきた。妻としては、他人任せで無責任だと非難されそうだけれど、自分達に頼らないで何かしようという意気込みの方が大切だ。今考えられる問題は、彼がどのような状態になった時に旅行を実行できるかだ。いざとなれば病院に相談すればいいいし、仮に先生に反対されたとしても、旅行自体に意義があり、夫の気力が充実しそうだ。

夏が終わり、収穫の秋になった。

その間龍三は女々しいことを言っていない。旅行を諦めてもいない。彼は弘忠とメールを交換し、細かいことを詰めていた。日帰りにするか一泊するかについても話し合い、余裕をもって動くことができるようにと、一泊することにしていた。浜松に行くのだから、鰻重を食べることも決めていた。ホテルやレストランについては龍三が調べていた。一方、弘忠も自分の人脈を使い、浜松に誰か頼ることができる者がいないかどうかを当たっていた。それはいざとなった場合に備えるためのことで、現地に到着してから面倒を見てもらうためではない。

そしてついにその日が来た。ＪＲ新横浜駅では柾子が、京都駅では美子が、それぞれ龍三と弘忠の出発を見送った。

そのほぼ一時間後の十時半、柾子が美子に電話を掛けた。二人は前夜にも話をしていたのだが、お互いの夫のことについて暫く話をした。電話を切る前、柾子が美子に聞いた。

「今日はこれからどうされるんですか?」

「そうね。私も旅行の準備をしておいた方がいいのかなと思ったけれど、家にずっといても辛気臭いでしょう」

「そうですよね」

「だから買い物に出掛け、外でご飯を食べて帰ることにしているの」

「じゃあ私もそうしようかな。だって二人は鰻重を食べ、お酒も飲むんですものね」

「そうよ。心配するのはいざとなった時でいいでしょう」

「はい」

柾子は美子より四つ年下なので、彼女に従うことにした。二人共それぞれの夫には隠していたけれど、旅行用のバッグは用意している。

一方、昼前に浜松で出会った二人は、弁天島まで電車で移動し、浜名湖を見た。そして浜松城まで戻り、夕方、鰻料理で有名な店に入った。


「じゃあお茶だけれど、乾杯しましょうか？」

「龍三さんはもうお酒も飲めるのですか？」

「弘忠さんはもう飲んでいるのですよね」

「はい、毎日ではありませんが喉を湿らせています」

「僕も先生に聞いてから飲んだことがあります」

「それならお茶じゃなくて、ビールにしましょうよ」

「ええ」

二人の前にビールが運ばれてきた。

「乾杯！」

「乾杯！」

二人はジョッキをカチンと鳴らし、グッと飲んだ。

「旨いですね」

「旨いですよ」

「いやあ、何度も言いますが、弘忠さんには本当にお世話になりました。いろいろなアドバイスをもらい、助かりました。うちの女房も美子さんに感謝しています」

「こっちも同じですよ。時々はリハビリを怠けたくなるけれど、後から追っかけている龍三さんに負けるわけにはいきません。僕が先に模範を示すのだと思い、頑張ってきました」

「僕もです。僕は弘忠さんという目標があるからこそ、気を入れてリハビリを続けられるんです」

「それはお互いさまですよ」

「弘忠さんはもう嘱託の仕事をされていますね。羨ましいな」

「はい。龍三さんは復職を望まれているのですよね」

「ええ、以前は一週間に四日の出勤でしたが、前の仕事が無理でも他の仕事を探すつもりです」

「外で仕事をするのはいいですよね。気分転換だと言えば、語弊がありますが、それでも遣り甲斐があるし、一日が終われば、安心してと言うか、胸を張って飲むことができます」

「僕は趣味で短歌を詠み、会合に出席していたので、やっとメールなどで活動を再開しています。でもそれだけでは時間が余ります。今の弘忠さんは嘱託の仕事では物足りないと思っているんじゃないですか？」

「まあ、以前の仕事と比べるのは無理ですよ。全く環境が違いますからね。もう少し、と色気は出したくなりますが」

「それはそうですよね。だって次の社長候補だったんだもの」

弘忠はひと呼吸して、ジョッキを握った。そして残りの三分の一を飲み干し、手を挙げた。

「僕はもう一杯飲みますが、龍三さんは？」

「僕もいただきます」

丁度その時、まだ湯気を上げている鰻重が運ばれてきた。弘忠はお代わりを二杯注文した。

「嘱託の仕事に不満がないとは言いません。但し立場上、現役ではありませんからね」

「仕事の責任が違いますよね。自分の周りだけを見ている仕事じゃなかったのですから」

「その通りです。為替レートや原油価格の上下の報告まで気にしていたし、取引先との話も同時進行でいくつもありました。倒れてからもう二年近くになりますが、現場が懐かしいというより、現場復帰をしてもまだまだやれる気がするんです」

「以前は目を覚ましてから寝るまで仕事のことばかり考えていた筈ですよね。何か気分転換の上手い方法があったのですか？」

「そう言われてみると、何だろう」

「ゴルフですか？」

「確かにゴルフ場に出掛けると、広くて静かな場所ですから、ひと息吐いた感じはしました。でもあれは接待したり、接待されたりする世界でしたからね。休みの日に本も読みましたが、自己啓発と言うより、時代の流れに遅れてはいけないという意識が強かったかな」

「仕事から完全に離れることなんて中々できませんよね。僕は五十前から気功を学んでいました」

「それは？」

「ヨガや太極拳などのようにゆっくりと体を動かし、命のエネルギーとも言われる気を鍛え、自らの命を養う方法です。だからリハビリ時にも役立っています」

「僕もやっていれば、もっと上手く気分転換ができたかもしれない」

「僕には時間がありましたからね。弘忠さんは大きな夢を追い掛けていたのだし、それが自分の支えになっていたのだから、充実感があったと思います。それはそれで良かったのじゃないかな」

「でもと言うか、だからこそもっと体に気を付けていれば、と考えてしまいます。そのくらいの時間はあった筈だけれど、所詮夢は夢だったのでしょう。無理をしているとは思っていなかったけれど」

「弘忠さん」

「はい」

「随分と昔のことですが、〝夢をあきらめないで〟という歌が流行っていました」

「ああ、岡村孝子が歌っていましたよね。カラオケでも人気だった」

「僕は今もあの歌詞のとおりだと思っています」

「〝あなたらしく輝いてね〟とか、〝遠くにいて信じている〟ですか。それはどうかな」

「遠くにいる人が信じなくても、自分が信じているだけでいいじゃないですか」

「でもね…」

「僕が言うと口幅ったいですが、もし弘忠さんがあのまま社長になったとしたら、どうなんでしょう？」

「どういう意味ですか？」

弘忠はやや表情を硬くした。一瞬、自分の能力を疑われたような気がした。

「ご免なさい。僕が言いたかったのは、弘忠さんは社長にならなくて良かったということです」

彼の目が更にきつくなった。

「もし社長になっていたら、弘忠さんは今ここにいないと思います。いられなかった筈です。弘忠さんがここにいるのはみんなに助けられたからだと思うんです。社長になっていたら、病院に運ばれた時、既に手遅れだったような気がします」

弘忠は下を向き、鰻をひと切れ食べ、ビールをひと口飲んだ。そして顔を上げ、にこりとした。

「龍三さんには一本取られましたね。本当にそうだったかもしれない」

「僕はそう思います」

「遠くにいる人が僕を助けてくれたのでしょうか？」

「遠くにいる人も近くにいる人も手を差し伸べてくれたのではないでしょうか」

弘忠がジョッキを持ち上げ、龍三もジョッキを前に差し出した。

「乾杯！」

「乾杯！」

偶々側を通り掛かった仲居が、

「お代わりをされますか？」

と聞いたけれど、二人は、

「もう結構です」

と同時に答えた。


同じ頃、既に夕食を済ませていた柾子と美子は再び電話で話をしていた。浜松に思いを寄せたことは事実だが、二人は自分達の立場についても打ち明け話をしていた。ある意味、夫の介護という現実に直面し、結婚生活とは何か、夫に代わり、自分が家庭内で主役になったのか、と考えたことなどだ。

「私は思うのよね。これまで描いていた夢が消えても、私達は新しい夢を見られる筈じゃないかって」

「子供の時の夢だって変わるんですもの。私達は大人になった分だけ、知恵が付いている筈です。だからお互いに新しい夢を見ましょうね」

「はい。そうしましょう」

「じゃあ、お休みなさい」

「お休みなさい」

第六話　完

第七話　宣誓

登場人物
　相良喜代実
　桂太一郎

ある日の昼過ぎ、蕎麦屋の片隅に二人の男女が座っていた。男は蕎麦湯を飲みながら煙草を燻らせている。女は焙じ茶を啜っている。

「心中って考えたことがありますか？」

「いわゆる情死のことですか？」

「そうです」

「僕は考えたことがありません。最近ニュースになるのは介護疲れの夫か妻が配偶者を手に掛け、自分も死のうとする事例ですが、若い男女の心中事件はもうないでしょう」

「心中は時代に合わないのでしょうか？」

「昔は相思相愛の男女が家柄などの違いを乗り越えるために心中したかもしれませんが、今はそんな時代ではありません。仮にその二人が教師と生徒だったとしても、駆け落ちをするくらいで、来世で一緒になろうとはしないと思います」

「駆け落ちには世間を憚《はばか》る雰囲気があり、少し情緒がありますでしょう」

「そう言えば、フォークソングが流行り始めた頃、南こうせつが歌った『神田川』がそんな感じでした」

「あの人の高い声と歌詞には男女の細やかな愛情と切なさが溢れていました」

「僕はあの歌が好きでした。相思相愛への憧れを感じさせると同時に、男女の繋がりのやるせなさが歌われていましたから」

「あの歌詞は作詞した喜多條忠の実体験に基づいているんですってね」

「それで心に沁みるような雰囲気が出ていたんですね。恥ずかしい話ですが、僕は同棲に憧れました」

「あの歌が描いた生活にはどことなく暗い雰囲気がありました」

「七十年代初めの日本経済はもう高度成長期に入っていました。でも破綻した学生運動の余韻がまだ残っていたからか、あの二人は不安定な生活の中で身を寄せ合って生きているという感じでしたね。そこに僕達は共感したのかもしれません」

「近頃はいろいろなものが豊富にありますけれど、精神的には感情の機微を大切にしていないと思いませんか？」

「淑《しと》やかに愛情を育むことより、世の中の速い流れに乗りたがっているだけのような気がします。若くない僕が言うのもおこがましいですが」

「歳を重ねた寂しさからかもしれませんが、私達は時代に取り残されているのでしょうね」

「ひょっとして若い頃同棲しておられたのですか？」

「いいえ。恋愛に憧れたままお見合い結婚をしています」

「そう言えば、『神田川』が流行る少し前に、大信田礼子が『同棲時代』を歌っていたでしょう。あの歌は好きになれなかったな」

「〝できることならあなたを殺して　あたしも死のうと思った　それが愛することだと信じ　喜びに　ふるえた愛のくらし 同棲時代〟でしたね」

「まだ正確に歌詞を覚えているなんてすごいですね。でも男としては愛されているのに、彼女に殺されたくはないですよ。それでは夢も希望もないです」

「そうですよね。只……」

「只？」

「あれも心中の一つの形だと思います」

「でも……」

「何となくそう思うだけです。それはそうと、ここはもう切り上げた方がいいですよね」

「忙しい時間帯ですから、もう行きましょうか」

「はい」


妙な話をしていたのは、相良喜代実七十五歳と、桂太一郎七十二歳。二人は今日が初対面なのだが、午前に大きな病院で顔を合わせていた。

その病院では乳腺外科と外科が隣り合わせになっていて、検査を済ませ待合室に戻った二人が偶々同じ長椅子に座った。その時桂が手を滑らせ、手にしていたカードなどを床に落とした。彼の保険証が相良の足元に転がった。彼女はその保険証を拾って彼に渡したが、つい名前を見た。本来なら細かい字が読めない彼女だが、本を読んでいたので老眼鏡を掛けていた。彼女が彼に声を掛けた。

「あら、桂さんとおっしゃるのですね」

「はい」

「どちらのご出身ですの?」

「僕はここ神奈川県の生まれですが、何か?」

「私は相良と申しますが、実家は長州と呼ばれた山口県にあり、旧姓は桂です」

「奇遇ですね。そう言えば、僕の実家の本家筋が昔の毛利家かその家臣と繋がりがあったように聞いています」

「明治時代に活躍した桂太郎総理大臣も長州出身なんですよ。実家とは無縁ですが、桂さんの方はご親戚ではないのですか?」

「いえ、聞いたことがありません」

「でも桂さんの下のお名前も似ていますよ」

「太郎にあやかって太一郎ですか。どうでしょうね」

「こうして隣り合わせになったのも何かのご縁かもしれません」

こんな経緯があり、二人は自分達の乳癌と大腸癌の手術や化学療法のことなどについて話をしていた。そして十一時過ぎに自分の名前を呼ばれた相良は、

「もうお会いすることはないかもしれませんが、どうかお気を付けなさってくださいませ」

と言って会釈をした。桂も、

「そちらこそお大事に。でも今度会うことがあれば、挨拶くらいはさせてください」

と言って頭を下げた。

相良は何となくうきうきした気分になっていた。久し振りにきちんと背広を着こなしている礼儀正しい男性に会い、然も気取らずに話をすることができた。彼女は持っていたバッグや着ている服を気にしつつ、乳腺外科の診察室へ入った。

残された桂も診察室の方を見ながら、ややはしゃいだ気分に浸っていた。もう十数年来、女性と話らしい話をした記憶がない。妻の葬儀をした時でさえ、義理の姉や妹たちとの会話は事務的なものに終始した。然し相良とは素直に言葉を交わすことができた。彼女が着ていた薄い飴色のニットの上下がまだ目に浮かぶ。そのままぼうっとしていると、誰かが自分の名前を呼んだ。はっとして我に返った彼は外科の診察室へ向かった。

三十分後、

「あら、又お会いしましたわね」

「もう支払いは済んだのですか?」

「はい。お薬の方は自宅近くの薬局でいただきます」

「もしお時間があれば、お昼ご飯を一緒にいかがですか?」

桂は彼女を誘ったことが大胆だったことに気が付き、恥ずかしそうに左手で頭を掻いた。

「そうですね。もうお昼を過ぎているので食べましょうか」

それで二人は会計を済ませた後、病院の近くにある蕎麦屋に入った。

一週間後の夕方、桂は顔見知りの小料理屋、岩城にいた。昨日相良から電話をもらい、食事を一緒にすることとにしている。座ると同時に彼は女将に、ビールと山うどの酢の物、土筆やたらの芽の天麩羅、鰆《さわら》の西京焼きを注文した。それらは春になると相良がよく食べるもので、蕎麦屋で話題になっていた。

相良は時間通りに現れた。

「せっかくの初デートなのに、雨になりましたね」

「小雨ですし、もう春ですから趣《おもむき》があっていいと思います。でも散歩をするには傘が煩わしいかしら」

「川沿いを散策するなら、晴れた日のお昼にしましょうよ。最近は夜になると目が見えなくて困ります。遠近両用の眼鏡を掛ければいいのですが、眼鏡は嫌いなんです」

「どうしてですか？」

「だって冬場はガラスが曇るし、よく落とすんです。それで四十を過ぎた時から裸眼で通しています」

「私も普段は眼鏡を掛けませんが、細かい字を読む時だけ使う眼鏡は持ち歩いています」

「僕も同じです。ほら」

桂が胸ポケットからプラスチック製の眼鏡を出した。縁も弦も太い紺色だ。相良がバッグから出したのはチタン製の細身の眼鏡だった。

「この前も同じ眼鏡をされていましたね。折り畳みとは知りませんでした。洒落ています」

「女はいろいろなものをバッグに入れますでしょう。だからできるだけ小さくないと困るんです」

ビールが届き、二人は乾杯をした。

「ところで、視力の方はお互い様ですが、物覚えの方は如何ですか？」

「いやあ、物忘れがひどくて困りますよ。トイレに行くつもりで一階に下りても、つい他のことをしてしまい、焦って駆け込むことがあります」

「矢張りこの年代になると同じ苦労があるのですね」

「でも僕はまだ認知症にはなっていないと思います。家の中は雑然としていますが、どこに何があるのかは分かっていますし、時間の感覚があり、特別な予定はないにしても、朝食を必ず食べ、昼には散歩がてらに買い物をし、料理とまでは言えないまでも、夕食を準備しています。冷蔵庫の中に賞味期限が過ぎたものはない筈です」

「認知症って本当に嫌ですね。私も近頃は気になって仕方がありません」

「そうは見えませんが」

「でも姉のことがありましたから」

「と言うと？」

「姉と私は一卵性双生児で、幼い時からずっと仲が良かったのです。二人一緒なら安心だろうと両親に許してもらい、同じアパートに住み、同じ大学へ進みました。姉が先に結婚しましたが、私が結婚してからも、お互いに割と近くに住んでいましたので、よく一緒に出掛けたりもしていました。その姉が五年前に認知症になり、昨年亡くなりました」

「それはお気の毒でしたね」

「お姉ちゃん、と呼び掛けて手を握っても、私のことが分からないんです。義理の兄は経済的に余裕がありましたから、以前の姉は洋服や髪型などに随分とお金を掛け、着飾っていました。ところがお気に入りの服を持って行っても、姉は興味を示しませんし、大好きだったアップル・パイを食べさせても、単に口へ運ぶだけでした。何の表情もない姉を見ているのは辛いものでした」

「ご主人は？」

「私の主人は十年前に他界しています」

「それはご愁傷さまです。聞こうとしたのはお姉さんのご主人のことですが」

「義理の兄は六年前に食道癌で亡くなっています」

「お姉さんは看病の疲れが出た上に、精神的な支えを失われたので、生きる意欲まで失くされたんでしょう。僕の場合、女房が亡くなってもう四年になります。それ以来、朝は六時に起き、規則正しい生活を心懸けていますが、毎日が同じことを繰り返すだけです。刺激がないので、時々自分の立ち位置が分からなくなることがあります。だから今日は声を掛けていただいて本当に感謝しています」

「実を言いますと、変な女だと思われたくなかったので電話をするのを躊躇《ためら》っていました」

「僕も同じです。電話番号を教えてくださいと言ったのは僕なのに、いざとなると、この前お昼ご飯に誘ったように大胆にはなれませんでした。だからせめて一週間、いや二週間くらい時間を置いた方がいいと自分に言い訳をしていました」

「では、あのまま待っていたら電話をもらえたのかしら」

「痛いところを突きますね。電話をしていれば、あなたに断られたとしても気は楽になっている筈です」

そう答えたものの、桂はこの一週間、彼女が蕎麦屋で触れた心中のことを気にしていた。それを察してはいない筈だが、相良の対応は微妙なものだった。

「私は姉のことも頭にあり、もう自分には世間の目とか常識とかに拘っている程時間がないと思って電話をしてしまいました」

「余計なことを考えさせてしまい、申し訳ありませんでした。僕が先に電話をするべきでした」

桂が軽く頭を下げたのに、相良の表情は緊張したままだ。

「先日は聞き流したのかもしれませんが、ひょっとしたら病状に何か変化があったのですか？」

「いいえ、検査結果の方はいつもと同じです。ただ近頃は目を覚ましても、外の明るさを煩わしく思うことがあります。私は何故朝食を用意しているのだろうかと自問したりもします。これって変ですよね」

「それは一年前に旅立たれたお姉さんのことがまだ忘れられないからですよ。然も事故などの突然死ではなくて、ほぼ四年の間、最悪の事態を予想しながらお見舞いをされていたのだから、お姉さんのことを頭の中からすべてを消し去ることなんて無理です。辛いことを長い間経験すると、鬱病になる人も多いと聞きますが、相良さんは先日も今日もきちんと応対されています。専門家ではないので偉そうなことは言えませんが、相良さんはちっとも変じゃないです」

「他人行儀なので、喜代実でいいです」

「じゃあ僕のことも太一と呼んでください。せっかくの機会ですから思ったことはそのまま話しましょうよ」

「はい。太一さんに変じゃないと言っていただくと本当に気が楽になります。こんなことって隣近所の人には打ち明けることができませんものね」

「その通りです。独りで暮らしていると誰にも気兼ねをする必要はありません。でも以前なら女房任せだったことをすべて自分でしなければならないので、実際は不自由なことが多いです。それに僕は隣近所の人達と話をするのは苦手です。でもこうして喜代実さんといろいろな話をすることができるなんて、一週間前まで全く予想していませんでした」

「何故だか分かりませんが、太一さんとは同級生だったような気がしますわ」

「僕も四十年か五十年ぶりに再会したような気分です。でも時間がないと考えるのは止めて欲しい。又会おうと思えば、何度も会えるじゃないですか」

「前向きに考えるべきですよね」

「今日の僕はこれでも一番自分が好きな背広やネクタイを選んで出てきたんです。見ての通り着古しですが、久し振りですよ、着る物に気を遣ったのは…」

相良がにこりとした。自分も時間を掛けて服を選んだ。

「今のうちに言っておきますが、僕の場合、余り経済的に余裕がないので、豪華な食事や旅行をすることはできません。これは予《あらかじ》め分かってもらいたいのですが」

「何かあったのですか?」

「僕は年金生活をしています。然し一年前に少し欲を出し、持っている株を半分売り、他の銘柄に再投資をしたんです。もっと配当の良い株を買ったつもりでしたが、二重に失敗しちゃって、お笑いですよ」

「株価が下がったのですか?」

「両方共株価が下がっています。焦ったものですから、それまで収集していたプラチナ・コインや金貨や銀貨を処分したんです。プラチナと金貨は相場の値段が出たので損はしませんでしたが、銀貨で大失敗をしました」

「銀にも相場があるのでしょう?」

「はい、あります。然しプレミア付きで売り出された記念銀貨は、銀の塊と同じ値段でしか引き取ってくれないのです」

「買い値より安く売ったということですか?」

「十分の一程度にもならなかったので怒り心頭に発すでした。銀貨は金貨より安いので、僕は沢山買っていたんです。そんなこんなで金銭的には少し不自由になっています」

「お互い様ですわ」

「ええっ？」

「実は夫が亡くなった時に私も失敗しています」

「株ですか？」

「いいえ。夫が亡くなった時、生活費の足しになると考え、賃貸用にマンションの一室を購入したのです。それが間違いでした」

「地盤沈下で傾いたりしたんですか？」

「そうではありません」

相良によると、マンションの改装を含めた初期投資の金額、借り主が出て行った都度必要になる改装費用、借り主がいない時の収入減、不動産屋への仲介手数料、マンションの管理費と修繕積立金、固定資産税の支払いなどに対し、実際に家賃収入から得られる金額が多くない。従って購入資金の回収が未だにできないので、彼女は貯金に回していた方が良かったと考えていた。

「なるほどね。昔のように近所の電信柱に張り紙をし、自分で家賃を徴収すれば、出費も抑えられたということですね」

「だから私はがっかりしました。でも今手離しても、中古物件を買ったので、売れるとは限りません。勿論買った時以上の値段が付くことは絶対にありません」

「資産運用って本当に難しいですね」

「私も悠々自適ではないので、高級レストランなどへは行けません」

桂が笑い、相良も微笑んだ。

その夜、二人は若い頃にも触れ、小雨の中、九時前に小料理屋を出た。


一ヵ月後、桂と相良はイタリアンのレストランで食事をしている。できるだけ長い付き合いをするためにと桂が提案し、二人は毎月第一土曜日に夕食を囲むことを決めていた。但しその間でも特別な催しなどがあれば、二人で出掛けることも約束している。

「変なことを思い出させるようですが、ご主人が亡くなられた時、遺品はどうされたんですか？」

「私は車の運転免許を持っていませんので、車は直ぐ処分をしました。他には特に遺品と呼ぶようなものはありませんでしたし、主人が趣味で集めたものもありませんでした」

「ご主人が着ておられた服とか靴とか本などはどうされました？」

「ネクタイピンとかカフスボタンなどは息子に持って帰らせました。五年程前には、沢山あった洋服や靴などを業者の方に来ていただき処分しました。その時本も出しました」

「本も結構場所を取りますからね」

「以前は本が夫の人柄を表していると思っていたので、置いたままでしたが、誰かがいつかは片付けなければいけませんでしょう？」

「そうですね」

「ですから、思い切って本棚ごと引き取っていただきました。息子や孫が使う予定もありませんでしたから」

「息子さんが実家に戻られることはないのですね」

「古い家ですし、息子の会社からは遠すぎます」

この時桂がため息を吐いた。

「どうかしたのですか?」

「さっき喜代美さんに遺品のことを聞いたのは、僕が女房の遺品を処分し始めたのがつい最近のことだったからです。女房が着ていたものなどを処分しました。そうしたら二階の箪笥や押し入れががらんと空いてきました」

「小物を含め、相当あったでしょうね」

「ダンボール箱で二十以上出しました。ついでに自分の古い服や靴やもう二度と読まない本や雑誌も捨て始めると、家の中がすっきりして広くなりました。自分でも驚いたんですが、長いこと住んでいる自分の家なのに、新鮮な気分になり、嬉しかったんです」

「よく分かります」

「ところが片付けが一段落し、他に何かないかと探し始めた時愕然としました」

「と言うと?」

「家の中には調度品とか飾り物とかがありますよね」

「お土産で買ったものなどですか?」

「はい。一つひとつ見ていると、買った当時のことを思い出し、懐かしさを感じるものもあります。でも僕がいなくなったら捨てるものばかりなんです。僕には娘が二人いますが、嫁に出しているので、家の中で彼女達に必要なものは全くありません。今になって考えると、何のために買ったのだろうとまで思ってしまい、見ていて虚《むな》しくなりました」

「太一さんも私と同じことを経験されたのですね」

「矢張りそうですか」

「不必要なものを処分しようと考えたら、毎日使うお茶碗やお皿などを除けば、いらないものばかりに囲まれています。そして実際に捨てる時には、過去を切り離すような寂しさに襲われました」

「自分の存在を消すような気分になりますよね」

「最初はお片付けで済みましたのに、最後の方になると私の将来も失くしてしまうようなそんな感覚でした」

「僕も同じです。だからもう片付けはしていません。但し思い付きで物を買うことは止めにしました。だって新しいものを家に入れても、僕にはこれまでのように長い時間がありません。それを手元に置き、家族の一員だと思い続けられないからです」

「太一さんは優しいのですね。まるで物にも愛情を注がれているみたいですわ」

「いえ、そこまで感情が細やかではありません。根が貧乏性ですし、今あるもの、今使っているもので充分だと思うからです」

「でも捨てるのを相当迷った品物があったでしょう」

「喜代実さんには笑われるでしょうが、五十年くらい前に初めて自分で買った革靴をまだ物置に入れていたんです。その履き潰して底に穴が開いた靴を捨てる時には、ありがとうと声を掛けました」

「いいですね。ありがとうと言いたいし、言われたいわ」

「ええっ？　言われたいわ、ですか」

「何でもありません。言葉の綾です。でも太一さんのように考えると、私達の身の回りにあるものは、本当に長い間一緒に暮らしてきたものですよね。大切に使えば安いものでも価値は増し、放置したままだとどんなに高いものでも価値はありません。愛着を持つと言えば、柩の中に故人が大切にしていたものを入れますでしょう？」

「ええ。一緒に旅立たせるためです」

「太一さんは何か特別なものを持っておられますか？」

「特に何もないですね。喜代美さんは？」

「宝飾品をみんな入れて欲しいと思ったことはあります。折々にずっと身に付けてきましたから」

「それも一興ですが、息子さんのお嫁さんが猛反対をするでしょう」

「あの嫁ならきっとリサイクルショップに持ち込むでしょうね」

「お墓はあるんですか？」

「夫の実家にお墓があります。太一さんのお墓はどこなのですか？」

「父が自分のお墓を市内に建てています。僕には兄弟がいないので、僕が入れば終わりです」

「考えてみると不条理ですよね」

「何がですか？」

「家が絶えてしまえば、お墓に意味がなくなります」

「自分の血筋を途切れさせたくはありませんが、現実はそうなってしまいます」

桂は大きなため息を吐いた。

「ごめんなさいね。暗い話ばかりして」

相良は頭を下げた。

「喜代実さん、もうこの話は止めましょう。日が長くなっていますし、せっかくだから、川沿いを歩いてみましょうか。お互いに転ばないように気を付けて」

「はい」

二人は笑顔になって立ち上がった。


三度目のデートの日が来た。二人は大きな寿司屋に入っている。

二人はまずコハダの酢〆と鮎の塩焼きを食べることにし、後で自分が好きな握りを頼むことにした。

「喜代美さん、ずっと気になっていたことを聞いてもいいですか？」

「何でしょう？」

「あのお蕎麦屋さんに行った時、喜代実さんは突然心中の話をされたじゃないですか。あれは何故だったんですか？」

「変なことを聞いて申し訳ありませんでした。実は姉が亡くなってから生活が乱れていたのです。一週間もカーテンを開けなかったり、お風呂さえ何日も入らなかったりしていました。偶々様子を見に来た息子がそれに気が付き、私を病院に連れて行ってくれたのです。本当のことを言います。先日太一さんにはそうではないと言ってもらいましたが、私は鬱病だったのです。暫くお薬を飲みましたが、中々すっきりとした気分になれず、自分で自分を追い込むようなことを考えていました」

「と言うと？」

「あの頃は夫の古着や本などを片付けてから大分時間が過ぎていました。でも折々に不用品を処分していました。いざとなった時、あの嫁にぶつぶつ言われながら片付けられたくないからです。その片付けが度を超していたのかもしれません。家の中が親近感を覚えない程冷たい場所になっていました。それに加え、姉の姿が余りにも惨めでしたから、姉のようにはなりたくないと思っていましたし、自分の病気のことも頭から離れませんでした」

「そういう状況になれば、誰でも極端なことを考えてしまうかもしれません」

「だから意識がはっきりしているうちに楽になりたいと思い、寝る前には、朝になっても目を覚まさないようにと願ったこともありました」

「眠る時はそれでもいいかもしれません。でも喜代実さん。朝目を覚まさない自分の姿を本当に想像できますか？　僕には寂しすぎる光景です」

「確かに隣近所の人達に同情を誘うだけの惨めな孤独死になります。然も息子が不審に思って家に来なければ、いつまでも発見されません。おっしゃる通りそんな光景には耐えられませんから、自分の意思で旅立つべきだと考え直しました。でも一人で死を選ぶのは矢張り孤独死と同じく寂しすぎます。そこで私と同じような境遇の人がいれば、同じように悩んでいる筈なので、そういう人と一緒に死ねば寂しくはないと考えたのです」

「変な言い方ですが、心中なら一石二鳥になりますね」

「お蕎麦屋さんでご一緒した時、太一さんとは初対面でしたし、もう二度と会うこともないと思いましたので、恥も外聞もなく、心中のことに触れたのです。私って身勝手ですよね」

相良は桂から目を逸らし、下を向いてしまった。

桂は、初対面の時の彼女が精神的に相当落ち込んでいたことに気が付いた。然も彼女の頭の中にあったのは心中の二文字。彼女は本気ではなかったと思うが、生きることに疲れ、夢を亡くした雰囲気がまだ残っている。このまま放っておけないという気持ちになった。相手が男なら、何度か居酒屋で酒を酌み交わすだけでもいい。ところが相手は日頃一対一で接触することのない女だ。この歳でと思いつつも、彼女と食事をするようになったので、自分の体に新しい血が流れている。心の中で何かが燃えている。この炎を絶やせば、自分も朽ちてしまうかもしれない。

桂は項垂《うなだ》れている彼女を真っ直ぐ見つめた。

「喜代実さん。この際だから、本気で考えてみませんか？」

「何を、でしょうか？」

「心中のことです」

相良が目を見張った。

「心中って、願った瞬間に二人が灰になることではありません。自分の本心を確かめるためにも、心中の方法や場所を考えてみませんか？」

桂は狐につままれたような顔をしている彼女に微笑み、杯を取り上げ、日本酒をぐっと飲み干した。


「人形浄瑠璃や歌舞伎には曽根崎心中という演目があります。これが実話に基づいていることはご存知ですよね」

「いえ、知りませんでした」

「実際に大阪の曽根崎で起こった心中事件を近松門左衛門が脚色して書いた物語です。彼はその事件の当事者だったお初と徳兵衛の本名をそのまま使っています」

「それも知りませんでした」

「物語の設定は変えていますが、二人は命懸けの恋を全うさせます。もし徳兵衛と同じようにするなら、僕はあなたを短刀で刺すことになりますが、そんなことはできません」

相良が頷いた。

「然もあなたが苦しむのを見ながら、自分を刺すことなんて無理です」

「そんなことをおっしゃっても、私が先に太一さんを刺すことはできません。力もありませんし」

相良はつい本気で答えてしまった。

「つまり刃物は駄目です。二人並んで木で首を吊るのも一つの方法です。但し発見される死体は、テレビドラマのように綺麗な姿にはなりません。首が伸び、排泄物も出ます」

「できれば綺麗なままの姿の方がいいです」

「そうなると海や電車に飛び込んだりするのも駄目です。溺れる場合は、太宰治と情死した山崎富栄のような恐ろしい形相になるようですし、遺体は相当醜くなります。電車の場合は体がばらばらになります」

「おぞましい姿にはなりたくありません」

「眠ったままのような遺体になるなら練炭火鉢とかガスを使う手もあります。練炭火鉢の場合、よく車が使われます。僕は車を持っていないのでレンタカーを使わざるを得ませんが、他人に迷惑を掛けてしまいます」

「それも嫌です」

「ではガスを使うことになりますが、もしガスが引火して爆発したら、近所に被害が出るかもしれません」

「お薬はどうでしょう」

「青酸カリは無理ですが、農薬なら手に入りやすいと思います。でも息絶えるまでに相当苦しむようです」

「睡眠薬なら苦しまないと思うのですが」

「大量に飲まないと効果がないようですから、同じように苦しむのではないでしょうか」

「私が考えていたのは、睡眠薬を入れたお酒を飲み、雪の中で眠ることです」

「喜代実さんは原田知世と大泉洋が主演した映画の『しあわせのパン』を見られたのではありませんか？」

「はい。渡辺美佐子と中村嘉葎雄が演じた老夫婦のことを考えていました」

「でも映画の結末はそうなりませんでした」

「その通りです。私って本当に浅はかですね。見ず知らずだった太一さんを巻き込もうとするなんて最低です」

「誰だって毎日毎日幸せが一杯の生活をしてはいませんから、時々妙なことを考えてしまいます。自分を映す鏡を失うとそうなるんじゃないでしょうか」

「鏡ですか？」

「自分の喜びや不満を受け止め、それを映してくれるのが鏡だと思います。その意味では、親兄弟も夫婦も自分を映す鏡のようなものです。極端な言い方をすれば、自分の家も家財道具も鏡かもしれません。ですから近親者を失い、家の中でも孤独に苛《さいな》まれてしまった喜代実さんは、心中ならすべてを解決できると思い込まれたんですよ。それって普通の反応です」

「ではその鏡を失った今、私はどうすれば良いのでしょう」

「喜代美さんのお姉さんの立場で考えたらどうでしょうか？」

「どういう意味ですか？」

「お姉さんは早く側に来てねと言うでしょうか？」

相良は、姉だってもう少し人生を楽しみたかった筈だと思う。

「曽根崎心中は相思相愛の二人の話です。小説家の有島武郎は波多野秋子と心中していますが、二人は少なくとも数ヵ月程付き合い、心を通わせています。もし喜代実さんが真剣に僕との心中を考えようとされるのなら、僕達にはもう少し時間が必要ではないでしょうか？」

相良は桂が何を言おうとしているのかやっと分かってきた。心中の相手が誰でもいいわけではない。そこまで自分を見失ってはいないと思い当たった時、まだすべてを失っていないからこそ自分が生きていることに気が付いた。然も自分には話し相手がいる。

相良の口元が少し緩み、頬にも色が差してきた。

「喜代実さん」

「はい」

「将来、いえ、明日さえ何が起こるか誰にも分かりません。でも、動くことができなくなる日の一週間前まで、いや、三日前まで二人で何とか楽しんでみませんか？　その方が、生きるのが辛い、嫌だと思いつつ旅立つより、夢があると思いませんか？」

相良は、明日の朝目覚め、もう一度自分に出会えば、自分のためにも彼のためにもまだ何かできるような気がしてきた。

「はい。そうしたいと思います」

第七話　完

第八話　空気

登場人物
御浜従道《みはまつぐみち》
濱丘寛直《はまおかひろなお》

秋。御浜従道は中之谷公園にいる。八つあるベンチの一つに腰掛け、まだ黄葉していない公孫樹の木のてっぺんを眺めている。雲一つない青空を纏《まと》っている緑の葉が僅かに揺れている。

地球温暖化が進んでいると囁かれている昨今、関東地方では冬の冷え込みで氷が張ったり、雪が降ったりすることが稀になっている。春から初夏までも爽やかさよりは暑さが増している。梅雨明けからは、真夏日や熱帯夜が彼岸の入りまで続くようになっている。

今年の場合、蝉の声が喧《かまびす》しくなった頃から台風が頻繁に本土を襲うようになった。首都圏を直撃した回数は少ないけれど、お盆過ぎ以来、ほぼ毎週のように台風が来ている。雨が降っても気温は下がらず、日々鬱陶しい。雨が上がる暇がないので、公園には浅い水溜まりがあちこちにできる。園内の土は黒っぽいままで、中々乾かなかった。

それでも十月に入ると雨はやっと一段落した。陽射しはまだ強いけれど、日陰に入ると爽やかで過ごしやすくなっている。天気は三日前から回復し、強い風が吹くと公園に砂埃が立つこともある。

御浜が中之谷近くに引っ越して来てから既に二十五年。六年前に定年を迎えて退職した。現役時代は家を出ると、公園とは逆方向に駅まで歩き、電車に乗って通勤していた。買い物は駅前の商店街で済ませていた。従って彼が公園に来てベンチに座ることなど全くなかった。

その後御浜は仕事をしていないが、生活習慣と生活圏が変わった。起床後は六時半からのラジオ体操を済ませ、公園側を通ってコンビニまで新聞を買いに出る。新聞の宅配を止めたのは、散歩がてらに三十分から一時間歩くためだ。これを日課にしている。

勿論昼間もそこを通る。以前利用していた駅前商店街は家から二キロメートル以上離れているので、公園の向こう側にあり、距離的にも近い商店街に行くようになった。銀行や郵便局があるだけでなく、金物屋などもあるので重宝している。

とは言え、彼が途中にある公園に寄って一休みをすることはなかった。自宅から百メートルくらい歩くと公園なので、出掛けにしろ、帰り道にしろ、その必要性がない。夏場で汗ばんでいる時には園内で水を飲んだり、切羽詰まった時にトイレを使ったりすることはあるけれど、それは公園を横切るにすぎない。広くはない公園でも、昼間は老人が語らい、母親が子供を遊ばせながら、いわゆる井戸端会議をしている。然し彼には知り合いがいないので、〝好い天気ですね〟と言いながら、ベンチに腰を下ろしたことはない。ぼんやりと日向ぼっこをするためとか、雑誌を手にしてベンチに座ったこともなかった。

この公園には桜の木が四本ある。ソメイヨシノは一本だけなので、お花見をする程の景色にはならないらしく、車座になって集う人を見ることはない。一方、大きな公孫樹の木が十五本もある。みんな堂々としていて枝を天に向かって伸ばし、沢山の緑の葉を付けている。もう少しすれば、雌株から黄金色の銀杏が落ちてくる。夜に掛けて強い風が吹くと、翌朝は銀杏拾いをする姿で賑わうこともある。

並んでいる公孫樹の梢を見上げていた御浜は、公園自体が住宅街に囲まれているのに、まるで山の中にいるような気分になった。そして季節は異なるな、と思いつつ、漢詩を口ずさみ始めた。
王永を送る
君去つて春山誰と共に遊ばん
鳥啼き花落ち水空しく流れん
如今別れを送つて渓水に臨む
他日相思はば水頭に来たれ
送王永
君去春山誰共遊
鳥啼花落水空流
如今送別臨渓水
他日相思来水頭
誰しも漢詩は中学や高校時代に習っている。但し御浜が覚えているのは、白居易の長恨歌や孟浩然の春暁の冒頭部分だけだ。「漢皇色を重んじて傾国を思う」や「春眠暁を覚えず」などだ。他にも李白や杜甫、陶淵明の名は挙げられる。然しこの七言絶句の作者、唐の時代を生きた劉商の名は聞いたことがなかった。

彼がこの漢詩に触れたのは三年半前のことだ。中年になってから知り合った友人、濱丘寛直が退職する時、有志が集まって宴会を開いた。その時彼が披露した。

宴会が終わる間際、主賓となった濱丘が立ち上がった。ひと通り挨拶をした後、参加者全員に用意していた一枚の紙を配った。そこに書いてあったのが漢詩だ。彼は暗唱できなかったらしく、朗々とではなく、訥々《とつとつ》と二度読み上げた。

一瞬、場が白けて静かになった。

「おい濱丘。これは別れの詩じゃないか。俺達は別れるために集まったんじゃないぞ。お前が馘《くび》にもならず、円満に退職することを祝うためだ」

「そうだ。貴様はさっき家を引き払い、故郷に帰るとは言わなかった。俺達だってみんなここに定住するんだ。わざわざ用意したにしては場違いだったな」

「急に高尚な人間になってどうするんだ。私鉄勤めで明け暮れたお前が今更文学者になっても似合わない。俺達を取り残して、何か企んでいるんじゃないだろうな?」

そんな声が狭い個室に飛び交った。

男同士の宴会では小一時間で声が大きくなり、酔眼が多くなる。仲間内の無礼講になる。今までの悪行を突然懺悔し、まるで改心したかのように思われる朗読に、全員が驚いたが、誰も感傷的になったり、侘《わび》しい気分になったりはしなかった。今月までの人生がひと区切りとなり、来月から新しい生活が始まるのは既定の事だが、濱丘が退職しても、みんな明日は今日と変わらないと思っている。

「ちょっと待ってくださいよ。僕にも弁明させてください」

「その前に俺にひと言言わせろ」

割り込んだのは御浜だった。

「確かにここに書いてある春山は春の山だ。今三月末なのだから、これに異議はない。然しみんなが騒ぐのは尤もだ。誰がどう読んでも、今日の集まりに照らし合わせたら辻褄が合わない。誰が王永で、誰が王永を送別しているのかと考えざるを得ない」

「その通りだ。今日集まった俺達十人はみんな家を持っている。さっきも言ったように、貴様を含めみんなこの土地に落ち着いている。それにこの集まりは年に最低二回で、もう五年以上も続いているし、これからも続くんだ」

「参ったな。僕の意図は、最後の〝他日相思はば水頭に来たれ〟だけなんです。飲み会を水頭に引っ掛け、居酒屋で会うと思えば、それでいいじゃないですか。実際、僕達は定期的に顔を合わせるんだから」

「川の水を酒に例えているのなら、ちょっと洒落ていなくはないな」

「うん。それに渓流の水なら清涼感もある」

「濱丘ならまだしも、髪がぼさぼさで脂ぎった顔のお前に清涼感はないぞ！」

「ない、ない。お前の場合の水は、トイレが近いから、排水用の水だ」

笑い声と共に場が一気に盛り上がった。御浜が再度口を挟んだ。

「まさか、近頃よく聞く自分史でも書くつもりじゃないだろうな。漢詩を入れ、上品ぶっても似合わないぞ」

「そんなことは考えたこともないですよ。書く能力なんてないのはみんな知っているでしょう。それはともかく、僕が言うのもおかしいけれど、そろそろ飲み放題は終わりなので、お開きにしましょうよ」

「逃げるな！」

「説明しろ！」

笑い顔ばかりの非難は暫く収まらなかった。そして宴会幹事が最後の音頭を取り、乾杯し、濱丘の退職慰労会は無事に終わった。

それから一ヵ月後、御浜は濱丘を呼び出し、一緒に飲むことにした。

宴会の時、濱丘は公然と就職活動はしないと言っていたし、旅行好きなので、暫くは失業手当をもらいながら国内を巡るとも言っていた。彼はもらっていた潤沢な給料で不動産投資をしているし、自分と同じく独身だから、生活に困ることはない。

然し自分としては彼がこれから何をしようとしているのかが気になっていた。まさかとは思うが、誰か伴侶となる女を見つけたのかもしれないという疑念も生まれていた。もう数年前になるけれど、二人で飲みに出掛けていた時、何度か彼に女の影を見たような気がした。ブティックや宝石店の前で立ち止まることがあったし、クリスマスやバレンタインデーが近づくと、何となくうきうきしている素振りもあった。今になって彼を羨む気持ちはないと思いたい。他人の生活と自分の生活とを比べる程愚かなことはない。そう理解したいのだが、人生を再出発させるに際し、彼には何か温めてきた考えがあるような気がする。

集まったのは常連になっている居酒屋だ。今度は個室ではなく、二人でカウンターに座った。

二人は暫くの間失業保険や年金手続きや世間話をした。濱丘はいつも通りの受け答えをするが、これから何をするのかについては触れなかった。腹に思惑がある御浜は、痺《しび》れを切らして聞いた。ところが彼は取り立てて計画していることはないと言う。既に北陸と九州とを一週間ずつ見て回り、次の目的地を北海道にしている。

時間を持て余しているだろうと聞いても、毎日昼までは図書館に行き、新聞や雑誌に目を通し、昼食にはファミリーレストランに入り、軽いものを食べて帰ると言う。それだけが日課になっているけれど、特に所在なさを感じてはいないようだ。

その時点で退職後三年目に入っている御浜は自分のことを思い出した。健康保険の切り替えや退職金の定期預金化など、最初は各種手続きで割と忙しく動き回っていた。それが一段落してからは、暖かい沖縄や九州へ出掛けた。沖縄へはパックの旅行を選んだ。他人任せでも構わないという気持ちからだ。然しガイド付きで観光地を巡ったら時間の制約が煩わしかったので、鹿児島へは一人旅をした。煙を上げる桜島を見て薩摩焼酎を飲み、宮崎の高千穂を遊覧し、牛肉を食べ、阿蘇山を訪れ、熊本の馬刺しを堪能した。心地好い疲れを感じながら帰宅したけれど、パックの旅行にも一人旅にも長所と短所があることが分かり、一概に決め付けられるものではないと得心した。

ともあれ、三月三十一日と四月一日とを境に、自分は会社勤めから解放された。現役時代は、時間に急かされて家を出、立ったまま窮屈な電車に乗り、順番待ちをしながら昼食を食べ、賑やかな酒場で憂さを晴らしていた。若い時には友達と一緒にキャバクラに顔を出したり、職場の同僚とカラオケに行ったりもしていた。今でも飲みに出掛けるが、頻度が少なくなっているし、職場の憂さとは縁が切れている。いずれにしても四十を過ぎてからは、女との待ち合わせで終業を急ぐことはなかった。

時計を見ることが常態化していた生活は、月が変わった途端、消え失せた。寝る前に手帳で日程や約束を確認する必要性がなくなり、翌朝の起床を気にせず、夜更かしをすることができた。これは当初素晴らしいことだった。時間と予定の呪縛から解き放たれていた。精神的な余裕が生まれたと思った。予定がないことは自由を象徴しているのだと納得していた。

それでも自分なりに何か新しいことをしてみようとは考えていた。と言っても仕事を見つける気はなかった。時間がたっぷりあるのだから何かをするべきだろうという漠然とした意識があっただけだ。そう意識していたのは事実だけれど、制約がないと、時間が意味をなさなくなった。今、いや、午前中にとか、夕方までにしておかなければならないようなことは全くなくなった。

以前なら、朝食を抜いたり、昼ご飯を食べる時間がなかったり、居酒屋での飲み食いを夕食代わりにすることも多かった。そうすると生活が不規則になっていると反省することもあった。三度の食事は大切だと自分自身に言い聞かせたりもしていた。然し食事などはいつでもできる。洗濯機に放り込んだワイシャツや下着などがうずたかくなり、週末に雨が続いても、焦ることはない。特に何をするでもないまま時間が流れ、こんな生活もできるのだ、これも生活なのだと気付いたのは、退職後半年近く経ってからだ。現役時代、惰性で働く職場に将来はない、と自分や部下にまで言い聞かせていたものだ。然しそんな意識もいつの間にかするりとどこかへ抜け落ちていた。

自分自身のことを振り返ったら、濱丘が特に何もしていないことが不思議でも何でもなくなってきた。結婚についても、彼は二度の旅行を独りで回っている。付き合っている女もいないし、今更面倒なことはしたくないと答えた。まあ、詮索することこそ野暮だと頭を切り替えようとした時、あの漢詩のことを思い出した。言わば鉄道屋の彼が何故あんなものをみんなに披露するつもりになったのか。本を正せば、それが引っ掛かりの原因となり、彼を誘い出したのだ。

「ところでさ。あの慰労会の時、漢詩を配ったじゃないか。あれはどこで見つけたんだ?」

「あれですか。御浜さんにだけは告白しますが、みんなには内緒ですよ」

「何だ、勿体を付けるなよ」

「実を言うと、僕は五十になった時、今で言う婚活の集まりに出始めたんです」

「マジで結婚相談所へ登録したのか?」

「はい」

「十年前からってことか?」

「ちょっと魔が差したこともあり、定年になってからでは遅すぎると思ったからです」

「確かに俺だって独りでいると寂しいと思っている。夏の暑い盛りに誰もいない家に帰ると、エアコンのスイッチを入れても涼しくなるまでに時間が掛かる。それでも暫くしたら、何とか人心地がしてくる。熱帯夜だと窓を開けても暑さは耐えられないけれど、扇風機があれば、エアコンが効き始めるまで何とか我慢はできる。でも冬は違う。エアコンの温度を三十度に設定したって、暖かくなるまでには相当時間が掛かる。炬燵もあるけれど、ほっとする程の暖かさになるには時間が掛かる。だから家に誰かいればいいなと思うよ。でもこの歳だからな。仕事が終わって家に帰ったら、暖かい夕食を作って待っている女がいればなんて考えられない。遊びで付き合う女がいればと思うだけだ。独り暮らしに慣れているから、そこまで考えたことはなかった。俺だって色気はあるけれど、一歩踏み出そうなんて、よく決心したな」

「僕も同じですよ。女とは割り切って遊ぶだけで充分だと思っていました。でも後十年もすれば定年になるし、それから先のことを考えたら、寂しすぎると思ってしまったんです。給料はある程度もらっているし、生活に困ることはありません。でもずっと独り身だから、子供もいないし、何のために働いているのだろうかと思うと虚《むな》しくなったんです」

「家族がいれば、自分の生活にも大きな支えがあるだろうな」

「だから誰か側にいて欲しくなったんです」

「じゃあ今でもその婚活パーティに顔を出しているのか。さっき旅行の話をした時には、何も言わなかったじゃないか」

「婚活は年会費を相当払います。同じエージェントの会に何度も顔を出すと、又か、まだかと思われるので、エージェントも一度替えました。運よく相手を見つけ、外で会ったし、相手を替えてみたけれど、中々恋愛関係にはなりにくいんですよね。パーティに出ていると、自分がもの欲しそうな顔をしているのだろうなと意識します。それが厭になって、三年程で止めました」

「割り切りでの付き合いにはならないのか?」

「それは相手次第ですけれど、向こうだって結婚することを前提に考えていますから、軽々しい付き合いをしてはくれません」

「お互い高い会費を払い、デートの都度出費もあるのだから、付き合うと言っても相手が真剣かどうかを見極めたいだろうな」

「結局のところ、大事なのは生活を安定させることなんです。と言っても、経済的に、つまり金銭的に支え合うことは論外になります」

「まあそれを前面に出されると、誰だって嫌気がさすだろう」

「生活の安定が柱としても、肝腎なことは矢張り気持ちの問題です」

「つまり?」

「僕の立場からだと、家庭らしいものがあり、精神的に落ち着きたいと望んでいました。それに無理強いをするつもりはありませんでしたが、仕事を止め、家庭に入ってもらう方がいいかなとは思っていました。一方、女の立場ですが、独身生活を続けているので、ある程度蓄えはあります。それでも夫となる相手に経済的な余裕を期待しています。但しそこそこの年収があれば問題はありません。彼女達が欲しがっているのは世間的にみんなと同じようになることだと思います」

「どういう意味だ?」

「同僚や同級生に普通の暮らしをしていると思われたいんですよ」

「つまり肩身の狭い思いをしたくないと言うことか。家族がいれば、生活が安定していると見られるからな」

「但し結婚すると言っても、二度目があると言い切れる年齢ではないので、失敗はできません。だからどちらかと言えば、万一のことを考え、仕事を続けたいという意識もあります。こう言うと、すべてが計算尽くのようになりますよね」

「まあそうだが、二度目がないと考えざるを得ないから、それは仕方がないだろう」

「僕としてはそこに少しずれがあるように感じました」

「お互いに歳が歳なんだから、当然じゃないのか？」

「僕達は、男と女の関係については若い頃よりももっと現実的に捉えているじゃないですか」

「白馬に乗った王子様と純真無垢の生娘ではないからな」

「僕が引っ掛かったのはそこなんですよ。若い時は家柄とか収入とか地位とかを気に掛けていても、基本はお互いの気持ちがどうなんだということだけじゃないですか」

「もう忘れたけれど、そんな感じだった」

「青臭いと思われるでしょうが、僕の気持ちは、三十年くらい若返っていたんです。だから彼女達も若い頃と同じように相手の男には自分と一緒にいたいとか、自分を独占したいとかと考えている筈だという先入観があったんです。でもそんな気持ちを共有してくれる女はいませんでした」

「相手が素直な気持ちで付き合おうとしないという意味だな。自分が打算的になっているなら、相手もそうだろうと思い込むかもしれない」

「ほのぼのとした夢を見ようとしてはいけないんでしょう」

「初婚でも再婚でも婚活でも、夢を見たいのが普通だよ。少なくとも俺としてはそれが自然だと思うけれど、婚活となると割と微妙になり、難しいもんだな。もう退会していると言ったけれど、何人と付き合ったんだ」

「六人です」

「お盛んだったな。で、話を元に戻そう。その一人があの漢詩を教えてくれたのか？」

「はい。四人目の女です」

「高尚な女だったな」

「最初は話が合ったから楽しかったんですよ。話が合い過ぎたのかもしれません」

「相性が良ければ充分だろう」

「僕の独身生活が長すぎたからでしょうね。普通の場合、女は社会に出たらいずれ結婚すると考えているじゃないですか。仮に四十歳を超えていても、まだ願望があるし、可能性もある、と。一方、僕の場合、仕事に生き甲斐を見つけていたので、機会があればと思っているうちに五十に手が届いていたわけです。家庭を持ち、子供を育てるという基本的な意識が最初から欠落していたので、さっきも言ったように、恋愛気分が強かったと思います。独立独歩で生きてきたこと自体は後悔していません。その反面、自分勝手な考え方が身に沁み付いていたようです。性格的なものは相手がいないと中々気が付きません。言わば甘えでしょうが、それが彼女にとっては物足りなかったような気もします。結局は別れました」

「惚れた腫れたで目がくらむとまではいかなくても、五十男なんだから、もう少し現実的な生活を設計してくれと彼女は考えていたのか？」

「そうかもしれませんし、そうでないかもしれません」

「女なら、男に縋《すが》りたいと思うのが普通だろうが、お前が縋ろうとしたのが気に入らなかったのかな。でもお前は付き合っているうちに、お互いの気持ちが高まると思ったんだろう?」

「付き合い始めた時は、本当に楽しかったんです。それに婚活自体、結婚することを前提にしています。何度も付き合えば、自然に次の段階に行くと思っていました」

「彼女の仕事を辞めさせようとしたんじゃないのか?」

「いろいろと話をし、その必要はないと思いました。お互いに仕事を続ければ、外では自分の世界を持ち続けられますし、内ではお互いに助け合うことができるからです」

「理想的な感じはするが、それは彼女が言い出したのか?」

「そうです」

「そこまで話し合っていたのに、実を結ばなかったというのは分かりにくい構図だな」

「はい」

「じゃあ、あの漢詩をもらった時が最後のデートか?」

「違います。その前に二人で『陰陽師』という映画を観たんです。彼女が安倍晴明になった野村萬斎が好きだったので」

「俺はあの映画を観ていないけれど、一度だけ狂言の舞台で彼を見たことがある。野村萬斎の声はめりはりがありながらも、粘り付くような声がよく通る。整った顔でテレビのコマーシャルにも出ているから、彼女も好きだったんだろう」

「その時なんですが、彼女とちょっと妙な遣り取りをしました」

濱丘によると、その日は映画の後で食事をしたのだった。彼女が映画の一場面を取り上げた。そこでは小泉今日子が青音《あおね》の役をし、伊藤英明が源博雅《みなもとのひろまさ》になっていた。博雅は真田広之が務めた悪役の道尊に一旦は命を奪われた。然し青音が自分の命を差し出すと言い、晴明の方術で博雅は蘇った。青音の申し出には理由があった。百五十年以上も若い娘姿のまま生きていた彼女は、「不老不死なら、思う人の死に目に必ず会わなければならない」と言った。つまりもう生きたくないと。

その言葉に彼女は感銘を受けたらしい。もし濱丘と彼女が結婚するなら、当時彼女は彼より五つ年下で、頃合いだった。一般的には女の方が男より長生きをする。五歳の差があると、どちらが先に行くかは微妙になる。彼女は濱丘に自分を看取って欲しいと言った。彼は約束するけれど、確約できるものではないと言って笑った。そこまでは二人の間に何も問題はなかった。

ところが彼がひと言付け加えた。「どんな状況になっても、もう生きたくない、とは言わないでくれ」と頼み、「僕は常に君の側にいる」とまで言った。その場の勢いだったが、青音に対する彼女の思い入れが気になっていたかららしい。

一方、彼女は認知症や事故などによる植物状態のことを持ち出した。安楽死や尊厳死のことにも触れた。そこで二人の立場が分かれた。

濱丘は、兎に角息を引き取るまでは面倒を看ると言い張り、彼女はその必要はない、尊厳死を選ぶので、その意図を明確にする遺言を書いておくと言った。つまりぼろぼろになった体を残したくないし、見られたくないという意味だった。認知症になったら、さっさと施設に入れ、費用だけを払って欲しいとも言った。彼は、自分の命は自分だけのものじゃない、だから彼女の命も彼女がどうこうできるものではないんだ、と言った。彼女は、違うと言い、さっき自分を看取って欲しいと言ったのは、今の自分を見続けて欲しいだけなのだから、誤解しないで、と付け加えた。

濵丘は、自分が癌の終末期になったり、認知症になったりした姿を想像した。多分精神的に不安定になって足掻いたり、意識がないまま欲求不満を抱えつつも尋常でない行動をしたりするのだろう。自分としてもそんな姿を見たくはない。然し結婚とは生活を共にすることだ。だから相手がどんな状況になっても現実から逃避するべきではない。現実を受け入れることも結婚という絆に付随する。それを拒否したいのなら、敢えて縁を結ぶ必要はない。そこを彼女に理解してもらおうとしたからこそ、彼は自分の意見を率直に述べた。そうしたら彼女は少し落胆したような顔をしていた。

二週間後、二人は再会した。その時彼女が例の漢詩を書き抜いてきて、彼に渡した。彼は流し読みをした。彼の印象は退職慰労会の時のみんなの反応と同じようなものだった。彼は彼女の意図を確かめたくて、説明を求めた。

彼女は説明をせず、あれは自分が愛読している志賀直哉が好きだった漢詩だと言った。直哉はそれを友人に書いてもらって掛け軸にし、晩年近くまで目の見えるところに置いていたらしい。彼女によれば、直哉が最晩年の頃、今は「夕あり朝ありき」の一日だよ、と言っていたようだ。

そこで彼女は、歳を重ね、動くことができなくなるまでは、二人で「夕あり朝ありき」の生活をしたいと言った。但しそこには夢がなければいけない、と。直哉がその言葉を口にした頃、彼は既に生きることに執着していなかったらしい。彼女は直哉を尊敬しているけれど、そこに反旗を翻した。つまり、自分に意識がある限り、生きることに執着したいのだ、と。

彼女はそれまでいろいろな話題について理路整然と自分の意見を述べていた。然し彼女が主張する生への執着は、さっさと施設に入れてくれと言い放ったことと明らかに矛盾している。濱岡は、「僕はどうするべきなんですか？　あなたが生きることを辛いと思うようになった時点で、あなたを見捨てるような真似はできう意味です」と答えた。

　理想的な生活を描くとすれば、二人が心身共に健やかに暮らし、それが最後まで続き、ある日二人揃って突然終わりを迎えればいい。然し現実はそうはならない。二人一緒にいる時に交通事故にでも巻き込まれるならば、或いはもうこれ以上穏やかな日々を共に過ごすことはできないと思い至り、二人が確実な方法で心中するならば、それは可能だろう。

　普通の場合、病気にしろ、事故にしろ、二人同時に旅立ちはしない。突然脳梗塞や心筋梗塞を発症して絶命すれば、いわゆるぴんぴんころりとなるけれど、片方は取り残される。彼女としてはそう望んでいるのかもしれない、と濱岡は考えた。後遺症として体に片麻痺が残るとか、脳障害が出ることを恐れているからかもしれない。彼女が近親者の実例を見聞きしているのなら、その恐れは理解できる。濱岡の姉は膠原病を長い間患っていた。家族にとって自分が足枷《あしかせ》になるだけで、何の役にも立っていないことを嘆いていた。四六時中そんな思いをし、かつ口にしなければならない生活は耐えがたかっただろう。配偶者や子供達にとっても割り切れない気持ちが続いていたに違いない。

　姉のことを思い出した濱丘は彼女の意図をやっと理解したと思った。その一方、彼は考えた。二人が一緒になるとすれば、今日の生活に明日が見えなければならない。それは格別に何かをし、世の中のために役立つことをする必要があるという意味ではない。穏やかな日々を過ごすだけでいい筈だ。今日は外食をするとか、映画を観に行くとか、庭の草抜きをするとかというささやかな楽しみで充分な筈だ。二人はまだ五十前後だったのだから、定年までお互いに勤めを続けることができた。だから穏やかな老後を夢想する必然性は全くなかった。

お互いの考え方をある程度理解したので、濱岡は二人で婚姻届けを出すことができると思っていた。但し、彼女がまだ老後に執着するような漠然とした危惧を抱いた。あんな話は一度で充分だった。

その後彼は彼女と更に二度デートを重ねた。然し彼女は、何となく冷たい話し方をするようになった。彼は、邪推をしたくないけれど、彼女があそこまで細々《こまごま》としたことを言ったのは、自分への関わりを深めたかったからではないかもしれない。多分それまでの婚活で味わってきたある種の高揚感や楽しさを損ないたくなかったのだろうと言った。つまり、単に新鮮な気持ちでデートをしたかっただけなのかもしれない、と。

当時の濱丘は、彼女に二心があるなどとは考えもしなかったし、実際、未練があった。だから漢詩の内容に一縷の望みを託し、手紙を送った。返事は葉書で来た。「機会があれば」と一行だけの文面だった。そう言いながら彼は笑った。

「五人目と六人目とはどうだったんだ?」

「さっきも言いましたが、四人目と別れた時、僕は彼女が何故心変わりをしたのか分からなかったんです。僕自身も何かどこかで彼女に対する気持ちが萎んだようになっていました。何故なのかについては、深く考えませんでした。彼女との交際があちこちに粘り付いているような気がしていて、忘れられなかったからです」

「余程印象が強かったんだな」

「その通りです。がっかりしながらも、数を打てば当たるだろうと考えたし、今度は上手くやろうと思っていました。だからエージェントを替え、次々と声を掛けたんです。そして五人目とデートをしたけれど、気が乗りませんでした。六人目も同じです。二人で会う場所って、どこへ行っても似たようなもんですよね」

「まあそうだな。若い時なら選択肢は多いだろうが、五十を過ぎていれば、レストランへ行ったり、映画か舞台を観たりで、代わり映えはしない」

「話をしても、受け答えが違うんですよ。彼女との違いが目に付いてしまい、デートから先には進まなかったんです」

「相手だって品定めをしているから、この人は何かが違うと気が付いただろう。でもこの人なら付き合ってもいいと思ったから、デートまで進んだんだろう。それなら思い切って、旅行にでも誘えば良かったんじゃないのか？」

「御浜さんは婚活をしたことがないから、そう言われるんですよ」

「どういうことだ？」

「旅行をするなら、結婚することが前提です。そこまで踏み込んだら、後戻りができません」

「二、三時間のデートより、旅行なら長い間一緒にいるのだから、打ち解けることができると思ったけれど、それは無理か」

「矢張り何度か付き合った後でないと、お互いに結論を出すような行動はできません」

「昔は良かったな」

「どういう意味ですか？」

「お見合いがあったじゃないか。昔のお見合いなら、遅くとも二度目のデートが済んだら返事をし、結婚が決まる」

「それは仲人がいて、仲人が双方の家の事情を知っていたからですよ。赤の他人同士で、仲人がいないんだから、無理です」

「いずれにしても、四人目が鍵だったんだ」

「ええ。次の二人との付き合いでは、彼女のことが尾を引いていました」

「逃げた魚は大きかったな」

「そうかもしれません」

濱岡の恋の季節は事実上四人目で終わっていた。

御浜と濱岡は暫くして居酒屋を出た。二人の頭の中では釈然としないものが渦巻いていたので、二軒目には行かず別れた。


その夜ベッドに横になった御浜は、狐につままれたような気持ちになっていた。濱丘の婚活は自分としても理解できる。然し四番目の彼女との遣り取りがどうしても腑に落ちなかった。彼女が主張した尊厳死や施設へ行くことなどで自尊心を保つ姿勢は理解できなくはないけれど、それと夢を持って明日を生きることには整合性がない。彼女の言い分は謎めいていた。

自分なら、結婚という絆で二人が同じ空気を吸い、同じ時間を過ごせば充分だと思う。定年まで少なくとも七、八年もある時、彼女が老後に拘る理由が分からない。彼女に近親者としての苦労があったとしても、先ず生活を共にするだけで充分だろう。

あの漢詩自体に難癖を付ける必要はない。友が友を送る時、偶々それが永久の別れになるとしても、お互いを信頼している気持ちには真実がある。そこに価値がある。だからと言って、あの漢詩を夫になろうかという相手に持ち出すことは、どう考えても妥当ではない。

仮に彼女の意図がやんわりと別れを持ち出すためなら、あの七言絶句は文学的にふさわしい決別になる。

平安時代の貴族が和歌で気持ちを伝えたように、漢詩を利用することは上品かもしれない。然し社会人になってから二十数年にもなるのに、そこまで小細工をする必要があるだろうか。彼女だって濱岡とのデートが初めてではない筈だ。もっとすっきりした別れ方を知っている筈だ。

濱岡が言い足したように、彼女には案外二心があったような気もしてくる。恐らく濱岡は未だに彼女に対し蟠《わだかま》りを残している。

幸い自分にはそんな引っ掛かりはないと思った御浜は、「フー」とため息を吐いた。それは敢えて女との関わりを持とうとしなかった、いや、今もそんなことを考えていなかったことの裏返しなのだが、その瞬間、この歳でも改めて女と交際することなんて、可能なんだろうかと考えた。ふとした思い付きで頬が緩むのが分かり、他に誰もいない部屋でにやりとした。既に数年前とは言え、濱丘は六人の女に出会っている。一人に対し少なくとも二度はデートをしただろう。四人目の女とは十回近く会っているので、合計すると二十回も女と一緒に出掛けている。実際に見てはいないし、年齢や身長や髪型も知らないけれど、濱岡は着飾った女を女として意識してきた。自分勝手にそんな想像をしたら、彼女達一人ひとりに匂い立つような色気を感じてしまった。単純に濱岡を羨ましいと思う。

明くる日、御浜は濱丘からメールで漢詩を受け取った。宴会でもらった紙は既に手元になかった。彼は何度かそれを声に出して読んだ。濱丘が宴会で言おうとしたことは充分に理解できた。仲間内にいずれ別れが来るとしても、すっきりとした内容で、すとんと胸に落ちていく。久し振りに知的な人間になったような気がする。

その一方、昨夜の妄想が再度脳裏に浮かんできた。然し一日が始まったばかりの朝、自分はパソコンを前にしている。そして今日特にしなければならないことはないという現実が画面に映っている。ラジオ体操を済ませ、散歩をし、買ってきた新聞は既に読み終えている。キーボードの前に置いた両手を見ていると、皺だらけでもなく、見慣れた手だが、今更妄想を膨らませてどうなるのだ、と思う。然し、もし誰が側にいれば、とも思う。男とはいつでも妄想をしたがるものなんだと観念し、立ち上がった。今夜はどこかで飲みたくなった。居酒屋で飲んだ後、以前顔を出していたバーに寄ってもいい。

毎年、十人前後の飲み会は続いていた。退職記念と新年会が定例で、折りに触れ、暑気払いや子供の結婚や孫の誕生も再会する名目だった。

三年半後の秋。濱丘が突然逝った。

濱丘の訃報がメールでパソコンに送られてきた時、彼は画面を見て、ぽかんと口を開けた。日頃から辛辣な冗談を言い合う仲間だが、冗談にしてはひどいじゃないかと一瞬憤った。然しメールの本文は葬儀日程を知らせるもので、仲間全員に送られている。字面を疑う余地はない。彼は直ぐ送り主に電話をした。話し中が続いていた間、彼は仲間からの電話に応対していた。

聞いてみると、濱丘は東北一周の途次、自動車事故に巻き込まれていた。

彼はずっと独身だったので、彼の兄が喪主となり、葬儀が営まれた。御浜も参列した。

それが三日前のことだ。集まった仲間は葬儀場をぞろぞろと出た。みんな寡黙だった。先頭を歩いていた一人が何も言わず近くにあった居酒屋に入った。黒い服を着たままの八人が後に続いた。

「飲まなきゃ、家になんか帰られるか！」

そのひと言で、座は一時的にざわめいた。喧騒はそれだけだった。

いつもならみんな二時間、三時間、偶には四時間も飲み続ける。然しひと通り注文した料理が揃っても、せっせと箸を動かすものはいなかった。酒のお代わりを注文する声だけが、あちこちから掛かっていた。誰も赤らめた顔に笑みを見せず、やり切れない気持ちを持て余していた。アルコールによる高揚感はテーブル上のどこにもなかった。

一時間後、

「帰るぞ！」

と言って一人が立ち上がると、ふらふらっとみんなが従った。香典返しが入った紙袋をガサガサ言わせ、居酒屋をぞろぞろと出ていった。

その夜、御浜は風呂にも入らず、直ぐベッドに行って寝た。夜中にトイレに行き、一度吐き、又寝付いた。


次の日、御浜は何をするでもなく、家でぼうっとしていた。日課となっているラジオ体操もせず、新聞を買いに行きもしなかった。外へ出れば、隣近所の光景は間違いなく同じに見えるだろう。道路を歩き始めれば、コンビニも八百屋も郵便局もみんな同じように営業をしている筈だ。行き交う人々も昨日と変わらない今日を過ごしているに違いない。それを見たくなかった。適当に食事をし、後はケーブルテレビで映画ばかり観ていた。翌日も同じことを繰り返した。

そして今日、御浜は目を覚ましてから暫くの間コーヒーを飲んでいたが、とうとう家の中の澱んだ空気に耐えられなくなった。寝室、居間、台所の窓を開け放った。無精髭を剃ろうと思い、洗面所へ行った。然し鏡にガラスの冷たさを感じたので、着の身着のまま家を出た。

それで公園にいる。


御浜は再度七言絶句を誦んじた。

君去つて春山誰と共に遊ばん
鳥啼き花落ち水空しく流れん
如今別れを送つて渓水に臨む
他日相思はば水頭に来たれ

「俺より三つも若いくせに先に逝きやがって」

御浜はベンチからゆっくりと立ち上がり、もう一度公孫樹の木のてっぺんを眺めた。その向こうの青空に今は小さな白い雲の塊が二つ浮かんでいる。

「彼女と一緒になっていればな…」

上を向いている彼の視界がぼやけ始めた。

「夕があるから朝があるんだ。そうだよな?」

目を転じ、歩き始めたら、公孫樹の葉が一枚落ちてきた。まだ緑のままで、黄色くなってはいない。

第八話　完

鯖江友朗（さばえ ともろう）

1952年、島根県浜田市に生まれる
2012年、定年退職
現在、神奈川県横浜市在住
趣味、酒、煙草、料理、月一の川崎競馬
他の著作
短編集『これってあり？』風詠社、 2012年
短編集『これでいいの？』ブックウエイ、2013年
短編集『これでもいいのかな？』ブックウエイ、2014年
中編小説『海軍と父と母…絆としがらみ』ブックウエイ、2015年
中編小説『これってオヤジのたわごと？』ブックウエイ、2016年

これって終活？

2017年2月19日発行

著　者　鯖江友朗
発行所　ブックウェイ
〒670-0933　姫路市平野町62
TEL.079（222）5372　FAX.079（223）3523
http://bookway.jp
印刷所　小野高速印刷株式会社

ISBN978-4-86584-214-2

乱丁本・落丁本は送料小社負担でお取り換えいたします。